Contemporánea

George Orwell (Motihari, India, 1903 - Londres, 1950), cuyo nombre real era Eric Blair, fue novelista, ensayista y periodista. Su corta vida resume muchos de los sueños y pesadillas del mundo occidental en el siglo XX, que también quedaron reflejados en su extensa obra. Nació en la India británica en el seno de una familia de clase media; estudió con una beca en el exclusivo colegio de Eton; sirvió en la Policía Imperial en ultramar (*Los días de Birmania*, 1934); volvió a Europa, donde vivió a salto de mata (*Sin blanca en París y Londres*, 1933); se trasladó a la Inglaterra rural y se dedicó brevemente a la docencia (*La hija del clérigo*, 1935); trabajó en una librería de lance (*Que no muera la aspidistra*, 1936); trabó conocimiento directo de la clase obrera inglesa y la explotación (*El camino a Wigan Pier*, 1937); luchó contra el fascismo en la guerra civil española (*Homenaje a Cataluña*, 1938); vislumbró el derrumbe del viejo mundo (*Subir a respirar*, 1939); colaboró en la BBC durante la Segunda Guerra Mundial; se consagró en el *Tribune* y el *Observer* como uno de los mejores prosistas de la lengua inglesa (entre su producción ensayística cabe destacar *El león y el unicornio y otros ensayos*, 1941); fabuló las perversiones del estalinismo (*Rebelión en la granja*, 1945) y advirtió sobre los nuevos tipos de sociedad hiperpolítica (*1984*, 1949). A pesar de su temprana muerte, llegó a ser la conciencia de una generación y una de las mentes más lúcidas que se han opuesto al totalitarismo.

George Orwell

Sin blanca en París y Londres

Traducción de
Miguel Temprano García

DEBOLS!LLO

Papel certificado por el Forest Stewardship Council®

MIXTO
Papel procedente de
fuentes responsables
FSC® C117695
www.fsc.org

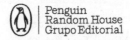

Penguin
Random House
Grupo Editorial

Título original: *Down and Out in Paris and London*

Primera edición en Debolsillo: septiembre de 2016
Novena reimpresión: enero de 2024

© 1933, Eric Blair
© 1986, Herederos de Sonia Brownell Orwell
Reservados todos los derechos
© 2015, Penguin Random House Grupo Editorial, S. A. U.
Travessera de Gràcia, 47-49. 08021 Barcelona
© 2015, Miguel Temprano García, por la traducción
Diseño de la cubierta: Penguin Random House Grupo Editorial
Fotografía de la cubierta: © Pepe Medina
Fotografía del autor: © CSU Archives / Everett Collection

Printed in Spain – Impreso en España

ISBN: 978-84-9989-088-3
Depósito legal: B-11.802-2016

Impreso en Liberduplex SL.

P 9 9 0 8 8 B

¡Oh, pernicioso mal, condición de la pobreza!

CHAUCER

I

La rue du Coq d'Or, París, las siete de la mañana. Una sucesión de gritos furiosos y ahogados procedentes de la calle. Madame Monce, que regentaba el pequeño hotel que había enfrente del mío, había salido a la acera para increpar a una huésped del tercer piso. Llevaba los pies desnudos metidos en un par de zuecos y el pelo gris suelto.

Madame Monce: Sacrée salope! ¿Cuántas veces le he dicho que no aplaste las chinches contra el empapelado? Cree que ha comprado el hotel, ¿eh? ¿Por qué no las tira por la ventana como todo el mundo? *Espèce de traînée!*

La mujer del tercer piso: Va donc, eh! Vieille vache!

Después un variopinto coro de gritos a medida que se iban abriendo ventanas por doquier y media calle participaba en la discusión. Diez minutos más tarde callaron de repente cuando pasó un escuadrón de caballería y la gente dejó de gritar para contemplarlos.

Esbozo esa escena, solo para transmitir parte del espíritu de la rue du Coq d'Or. No es que las discusiones fuesen constantes, pero aun así rara vez pasaba una mañana sin al menos un estallido como el descrito. Las disputas, los gritos desolados de los vendedores ambulantes, los chillidos de los niños buscando peladuras de naranja entre los adoquines y, de noche, los cánticos a voz en grito y el hedor agrio de los carros de la basura constituían el ambiente de la calle.

9

Era una callejuela muy estrecha: una hondonada de casas altas y leprosas que se inclinaban las unas contra las otras en extrañas poses, como si las hubiesen congelado en el momento de ir a derrumbarse. Todas las casas eran hoteles y estaban abarrotadas de huéspedes hasta el tejado, la mayoría polacos, árabes e italianos. Al pie de los hoteles había pequeños *bistros*, donde podías emborracharte por el equivalente a un chelín. Los sábados por la noche cerca de un tercio de la población masculina del barrio estaba ebria. Había peleas por las mujeres y los peones árabes que vivían en los hoteles más baratos tenían misteriosas pendencias que zanjaban a silletazos y de vez en cuando con revólveres. De noche los policías solo se aventuraban en esa calle de dos en dos. Era un sitio bastante ruidoso. Y, no obstante, entre la suciedad y el estrépito, vivían los acostumbrados tenderos franceses respetables, panaderos, lavanderas y demás, que se ocupaban de sus asuntos y amasaban discretamente pequeñas fortunas. Como barrio bajo parisino era bastante representativo.

Mi hotel se llamaba Hôtel des Trois Moineaux. Era una conejera desvencijada de cinco pisos, separados por tabiques de madera en cuarenta habitaciones. Los cuartos eran pequeños y estaban siempre sucios porque no había camarera y madame F., la *patronne*, no tenía tiempo de barrer. Las paredes eran muy finas y para ocultar las grietas las habían cubierto con capas y capas de empapelado rosa, que se había desprendido y daba cobijo a innumerables chinches. Cerca del techo, largas filas de chinches desfilaban a diario como columnas de soldados, y por la noche descendían hambrientas, de forma que cada pocas horas había que levantarse y matarlas en hecatombes. A veces, cuando había demasiadas, quemábamos azufre para expulsarlas a la habitación de al lado; y el otro huésped respondía quemando a su vez azufre en la habitación para enviarlas de vuelta. Era un lugar mugriento pero acogedor, pues madame F. y su marido eran buenas personas. El precio del alquiler de las habitaciones oscilaba entre treinta y cincuenta francos por semana.

Los huéspedes constituían una población flotante, extranjeros en su mayoría, que se presentaban sin equipaje, se quedaban una semana y volvían a desaparecer. Los había de todos los oficios: zapateros remendones, albañiles, picapedreros, peones, estudiantes, prostitutas y traperos. Algunos eran increíblemente pobres. En una de las buhardillas había un estudiante búlgaro que confeccionaba zapatos de fantasía para el mercado estadounidense. De seis a doce de la mañana se sentaba en la cama y cosía una docena de zapatos con los que ganaba treinta y cinco francos; el resto del día asistía a clases en la Sorbona. Estudiaba teología y tenía libros sobre la materia boca abajo en el suelo cubierto de cuero. En otro cuarto vivían una rusa y su hijo, que decía ser artista. La madre trabajaba dieciséis horas al día, zurciendo calcetines a veinticinco céntimos el calcetín, mientras el hijo, bien vestido, haraganeaba en los cafés de Montparnasse. Otra habitación la habían alquilado dos huéspedes distintos: uno que trabajaba de día y otro que trabajaba de noche. En otra, una viuda compartía la cama con sus dos hijas adultas, ambas tísicas.

En el hotel había personajes muy peculiares. Los barrios bajos de París son un imán para los excéntricos: gente que ha caído en uno de esos surcos solitarios y medio desquiciados de la vida y ha renunciado a ser decente o normal. La pobreza los libera de los patrones normales de comportamiento, igual que el dinero libera a la gente del trabajo. Algunos de los huéspedes de nuestro hotel llevaban una vida tan curiosa que desafía cualquier descripción.

Estaban, por ejemplo, los Rougier, una pareja con aspecto de enanos, viejos y harapientos que tenían un negocio extraordinario. Vendían postales en el Boulevard Saint-Michel. Lo curioso era que las vendían en paquetes cerrados como si fuesen pornográficas cuando, en realidad, eran fotografías de los castillos del Loira; los compradores no lo descubrían hasta que era demasiado tarde, y por supuesto nunca se quejaban. Los Rougier ganaban unos cien francos al mes, y con estrictas economías se las arreglaban para estar siempre medio borrachos y medio muertos de hambre. La suciedad de su habitación era tal que el hedor se notaba desde el piso de abajo. Según madame F., ninguno de los dos se había cambiado de ropa en cuatro años.

También estaba Henri, que trabajaba en las alcantarillas. Era un hombre alto y melancólico de cabello rizado y que tenía un aire novelesco con sus botas de agua. La peculiaridad de Henri era que, excepto por cuestiones de trabajo, se pasaba, literalmente, días sin hablar. Apenas un año antes, había tenido un buen empleo como chófer y un poco de dinero ahorrado. Un día se enamoró y, cuando la chica lo rechazó, él la golpeó. Entonces la joven se enamoró perdidamente de Henri y vivieron quince días juntos y gastaron mil francos del dinero de Henri. Luego la muchacha le fue infiel; Henri le clavó un cuchillo en el brazo y lo enviaron seis meses a prisión. Cuando la apuñaló, la chica se enamoró más que nunca de él, hicieron las paces y acordaron que, cuando saliese de la cárcel, comprarían un taxi y se casarían. Pero quince días más tarde, volvió a serle infiel, y cuando soltaron a Henri estaba embarazada. Henri no volvió a apuñalarla. Sacó todos sus ahorros y se corrió una juerga que lo llevó otro mes a prisión; después empezó a trabajar en las alcantarillas. No había forma de hacerle hablar. Si le preguntabas por qué trabajaba en las cloacas nunca respondía, se limitaba a juntar las muñecas como si las tuviera esposadas y a hacer un gesto con la cabeza hacia el sur, en dirección a la cárcel. La mala suerte parecía haberlo vuelto imbécil en un solo día.

Otro era R., un inglés que vivía seis meses del año en Putney con sus padres y seis meses en Francia. Cuando estaba en Francia bebía cuatro litros de vino al día, y seis litros los sábados; una vez había viajado hasta las Azores, porque allí el vino era más barato que en ningún otro lugar de Europa. Era un tipo amable y dócil, nada pendenciero ni alborotado y jamás estaba sobrio. Se quedaba en la cama hasta mediodía, y desde entonces hasta la medianoche se quedaba en su rincón del *bistro* bebiendo de forma metódica y callada. Mientras bebía, hablaba, con voz femenina y refinada, de muebles antiguos. Exceptuándome a mí, R. era el único inglés del barrio.

Había mucha más gente que llevaba una vida no menos excéntrica: monseiur Jules, el rumano, que tenía un ojo de cristal y se negaba a admitirlo; Fureux, el picapedrero del Limousin; Roucolle, el avaro, que murió antes de que yo llegara; el viejo Laurent, el trapero, que copiaba su firma de un papelito que llevaba en el bolsillo. Sería entretenido escribir alguna de sus biografías, si dispusiera de tiempo. Intento describir a la gente de nuestro barrio, no porque sea curiosa, sino porque todos forman parte de esta historia. Escribo sobre la pobreza, y mi primer contacto con ella fue en ese barrio. Aquel suburbio, con su suciedad y sus vidas extrañas, fue al principio una lección de pobreza y luego el trasfondo de mis propias vivencias. Por eso intento dar una idea de cómo era la vida en él.

II

La vida en el barrio. Nuestro *bistro*, por ejemplo, al pie del Hôtel des Trois Moineaux. Una habitación minúscula con el suelo de ladrillo, casi un sótano, con las mesas empapadas de vino y una fotografía de un funeral donde decía: «Crédit est mort»; obreros con faja roja que cortaban salchichón con la navaja; madame F., una esplendorosa campesina del Auvergnat con la cara de una vaca tozuda, que se pasaba el día bebiendo vino de Málaga «por el estómago»; juegos de dados para ver quién pagaba los *apéritifs*; canciones sobre «Les Fraises et Les Framboises» y sobre «Madelon» que decía: «Comment épouser un soldat, moi qui aime tout le régiment?», y gente que coqueteaba con increíble desparpajo. La mitad del hotel se reunía en el *bistro* por las tardes. Ojalá hubiese en Londres un pub la cuarta parte de animado.

En el *bistro* se oían conversaciones muy extrañas. A modo de ejemplo, reproduciré lo que decía Charlie, una de las curiosidades locales.

Charlie era un joven bien educado y de buena familia que se había fugado de su casa y vivía del dinero que le enviaban de vez en cuando. Hay que imaginarlo muy joven y sonrosado, con las mejillas lozanas, el cabello castaño y suave de un dulce niñito y los labios excesivamente rojos y húmedos, como cerezas. Tiene los pies pequeños, los brazos más cortos de lo normal y las manos con hoyuelos como las de un bebé. Mientras habla, baila y juguetea como si estuviese demasiado feliz y lleno de vida para estarse quieto un instante. Son las tres de la tarde y en el *bistro* solo están madame F. y uno o dos hombres sin trabajo; pero a Charlie le da igual con quién hablar con tal de que sea sobre sí mismo. Declama como un orador en una barricada, haciendo resonar las palabras con la lengua y gesticulando con los brazos cortos. Sus ojillos un poco porcinos brillan de entusiasmo. En cierto sentido, resulta repugnante.

Está hablando del amor, su tema favorito.

«*Ah, l'amour, l'amour! Ah, que les femmes m'ont tué!* ¡Ay!, *messieurs et dames*, las mujeres han sido mi perdición, más allá de toda esperanza. A los veintidós ya estoy exhausto y acabado. Pero ¡cuántas cosas he aprendido, a qué abismos de sabiduría no me habré asomado! Qué gran cosa es haber adquirido la verdadera sabiduría, haberme convertido en el sentido más elevado de la palabra en un hombre civilizado, haber llegado a ser *raffiné, viceux*», etc., etc.

«*Messieurs et dames*, intuyo que están ustedes apesadumbrados. Ah, *mais la vie est belle...* no deben desanimarse. ¡Alégrense, se lo suplico!

> *¡Llena hasta el borde la copa de vino de Samos,*
> *no pensaremos en cosas así!*

»*Ah, que la vie est belle!* Escuchen, *messieurs et dames*, les hablaré del amor desde la plenitud de mi experiencia. Les revelaré el verdadero significado del amor, la verdadera sensibilidad, el placer más alto y refinado que solo conocen los hombres civilizados. Les hablaré del día más feliz de mi vida. Aunque, ¡ay!, se haya pasado ya el tiempo en que pude conocer esa felicidad. Se ha ido para siempre, la posibilidad, incluso el deseo de experimentarla, han desaparecido.

»Escuchen pues. Sucedió hace dos años; mi hermano se hallaba en París, es abogado, y mis padres le pidieron que me buscara y me invitase a cenar. Él y yo nos odiamos, pero prefirió no desobedecer a mis padres. Cenamos, y se emborrachó con tres botellas de burdeos. Lo llevé a su hotel, por el camino compré una botella de brandy y cuando llegamos le dije que era para que se le pasase la borrachera y lo obligué a beber un vaso lleno. Se lo bebió y se desplomó completamente ebrio como si hubiese sufrido un ataque. Lo levanté, le apoyé la espalda contra la cama y le registré los bolsillos. Encontré mil cien francos, los cogí y corrí escaleras abajo, subí a un taxi y escapé. Mi hermano no sabía mis señas: estaba a salvo.

»¿Dónde va uno cuando tiene dinero? A los *bordels*, claro. Pero ¿no creerán que iba a perder el tiempo en alguna juerga vulgar propia de unos simples peones? ¡Qué demonios, soy un hombre civilizado! Cuando tengo mil francos en el bolsillo soy muy escrupuloso, *exigeant*, ya me entienden. Hasta medianoche no encontré lo que buscaba. Conocí a un joven muy elegante de dieciocho años, vestido *en smoking* y con el pelo cortado *à l'américaine*, estuvimos hablando en un *bistro* tranquilo lejos de los bulevares. Aquel joven y yo nos entendimos a la perfección. Hablamos de esto y de lo otro, y sobre las formas de divertirse. Después subimos juntos a un taxi y nos fuimos.

»El taxi se detuvo en una calle estrecha y solitaria con una sola farola de gas en un extremo. Había charcos oscuros entre los adoquines. A un lado se alzaba la blanca tapia de un convento. Mi guía me llevó a una casa alta y en ruinas con las persianas cerradas, y llamó a la puerta varias veces. Luego se oyeron pasos en las escaleras, el estrépito de los cerrojos y la puerta se entreabrió un poco. Por el hueco asomó una mano; era una mano grande y retorcida, extendida con la palma hacia arriba que exigía dinero delante de nuestras narices.

»Mi guía introdujo el pie entre el quicio y la puerta.

»—¿Cuánto quieres? —preguntó.

»—Mil francos —respondió una voz de mujer—. Pagad ahora mismo o no entráis.

»Le puse los mil francos en la mano y le di los otros cien a mi guía, que me deseó buenas noches y se marchó. Oí la voz que contaba los billetes y luego asomó la nariz una vieja vestida de negro como un cuervo que me observó con suspicacia antes de dejarme entrar. Dentro estaba muy oscuro; solo se veía una lámpara de gas que iluminaba una pared de escayola y dejaba todo lo demás en una profunda penumbra. Olía a polvo y a ratas. Sin decir palabra, la vieja encendió una vela en la lámpara, luego fue cojeando delante de mí por un pasillo hasta llegar a lo alto de unas escaleras de piedra.

»—*Voilà!* —exclamó—, baje al sótano y haga lo que quiera. Yo no he visto nada, no he oído nada y no sé nada. Es usted libre, ¿entiende?, totalmente libre.

»*Ah, messieurs,* ¿hará falta que se lo describa…? *Forcément,* ya conocen el estremecimiento, en parte de miedo y en parte de alegría, que le recorre a uno en esos momentos. Bajé a tientas; oía mi respiración y el roce de mis pies en la piedra; por lo demás, reinaba el silencio. Al pie de las escaleras, mi mano encontró un interruptor eléctrico. Lo encendí y una enorme lámpara de techo con doce bombillas rojas inundó el sótano de luz roja. Y hete aquí que ya no me hallaba en un sótano, sino en un dormitorio, un gran dormitorio con una lujosa y llamativa decoración roja como la sangre, desde el suelo hasta el techo. ¡Imagínenselo, *messieurs et dames!* Una alfombra roja en el suelo, empapelado rojo en las paredes, terciopelo rojo en las sillas, hasta el techo era rojo; todo era tan rojo que los ojos ardían. Era un rojo intenso y sofocante, como si la luz brillara a través de copas llenas de sangre. En un extremo había un enorme lecho cuadrado, con cubrecamas rojos como todo lo demás, y en él había tendida una joven con un vestido de terciopelo rojo. Al verme, se encogió e intentó taparse las rodillas con el corto vestido.

»Yo seguía de pie en el umbral.

»—¡Ven, niña! —le ordené.

»Soltó un gemido de miedo. De una zancada me planté junto a la cama; ella intentó esquivarme, pero la agarré por el cuello… así, ¿lo ven?, ¡con fuerza! Se debatió, empezó a llorar pidiendo compasión, pero la sujeté, le eché la cabeza atrás y la miré a la cara. Tendría unos veintidós años, con el rostro ancho y obtuso de un niño imbécil cubierto de polvos cosméticos y colorete; sus ojos azules y estúpidos, brillantes con la luz roja, tenían esa mirada espantada y distorsionada que solo se ve en los ojos de esas mujeres. Sin duda era una campesina que sus padres habían vendido como esclava.

»Sin decir palabra, la saqué de la cama y la arrojé al suelo. ¡Luego me abalancé sobre ella como un tigre! ¡Ah, qué instante de alegría y éxtasis incomparables! Eso, *messieurs et dames*, es lo que quiero contarles; *voilà l'amour!* El verdadero amor, lo único por lo que vale la pena esforzarse en el mundo y ante lo cual todas las artes e ideales, todos los credos y filosofías, las bellas palabras y los sentimientos elevados palidecen inservibles como cenizas. Cuando se ha vivido el amor, el verdadero amor, ¿qué queda en el mundo que no parezca una simple sombra de la alegría?

»Renové mi embestida con mayor desenfreno. Una y otra vez la joven intentó escapar; volvió a gritar pidiendo compasión, pero yo me reí.

»—¡Compasión! —exclamé—, ¿crees que he venido hasta aquí para ser compasivo? ¿Crees que he pagado mil francos para eso?

»Les juro, *messieurs et dames*, que, de no ser por esas malditas leyes que nos roban nuestra libertad, la habría asesinado en ese mismo instante.

»¡Ah!, cómo gritaba, qué amargos gritos de agonía. Pero no había nadie para oírlos, en aquel sótano, bajo las calles de París, estábamos tan seguros como en el interior de una pirámide. Las lágrimas corrían por el rostro de la joven, arrastrando los polvos cosméticos y formando largos y sucios manchurrones. ¡Ah, qué momento tan irrecuperable! Ustedes, *messieurs et dames*, no han cultivado las sensibilidades más refinadas del amor y apenas pueden concebir un placer semejante. Yo mismo, ahora que mi juventud ha pasado, ¡ay, la juventud!, no volveré a ver una vida tan bella. Se ha acabado.

»Sí, se ha ido… para siempre. ¡Ay, la pobreza, la escasez y la decepción de las alegrías humanas! Pues en realidad, *car en réalité*, ¿cuánto dura el momento supremo del amor? Nada, un instante, tal vez un segundo. Un segundo de éxtasis, y después… polvo, cenizas, nada.

»Y así, solo por un instante, capturé la felicidad suprema, la emoción más elevada y refinada a la que pueden aspirar las personas. Y, al momento, se acabó y me dejó con ¿qué? Todo mi desenfreno y mi pasión se esparcieron como los pétalos de una rosa. Me quedé frío y lánguido, lleno de vanos arrepentimientos; tanta aversión sentía que la joven que lloraba en el suelo incluso me inspiró una especie de lástima. ¿No es con náuseas como debemos acoger tan mezquinas emociones? No volví a mirarla; mi única obsesión era marcharme. Corrí escaleras arriba y salí a la calle. Estaba oscuro y hacía mucho frío, las calles estaban vacías, los adoquines resonaban bajo mis pies con un sonido hueco y solitario. Había gastado todo mi dinero. Ni siquiera tenía para pagar un taxi. Volví andando a mi cuarto frío y solitario.

»Ahí lo tienen, *messieurs et dames*, he ahí lo que les había prometido. En eso consiste el amor. Ese fue el día más feliz de mi vida.»

Charlie era un individuo curioso. Y lo describo tan solo para mostrar qué personajes tan diversos podían encontrarse en el barrio de Coq d'Or.

III

Viví casi un año y medio en el barrio de Coq d'Or. Un día, en verano, descubrí que me quedaban solo cuatrocientos cincuenta francos y que, aparte de eso, únicamente disponía de los treinta y seis a la semana que ganaba dando clases de inglés. Hasta ese momento no me había parado a pensar en el futuro, pero entonces comprendí que debía actuar cuanto antes. Decidí buscar empleo y —por suerte, como tuve ocasión de comprobar después— tomé la precaución de pagar doscientos francos por adelantado por el alquiler de la habitación. Con los otros doscientos cincuenta francos y las clases de inglés, podría vivir un mes, y un mes era suficiente para encontrar empleo. Pensé en trabajar como guía en una de las compañías turísticas, o tal vez como intérprete. Sin embargo, una racha de mala suerte me lo impidió.

Un día se presentó en el hotel un joven italiano que decía ser compositor. Era un individuo bastante misterioso, pues llevaba patillas, que son la marca del apache o del intelectual, y nadie estaba seguro de en cuál de las dos clases incluirlo. A madame F. no le gustó su aspecto y le pidió una semana por adelantado. El italiano pagó y se quedó seis noches en el hotel. En ese tiempo se las arregló para preparar algunos duplicados de las llaves y la última noche desvalijó una docena de habitaciones, entre ellas la mía. Por suerte, no encontró el dinero que guardaba en los bolsillos, así que no me dejó sin un céntimo.

Me quedaron solo cuarenta y siete francos, es decir, siete chelines y diez peniques.

Eso puso fin a mis planes de buscar trabajo. A partir de ese momento tuve que vivir con unos seis francos diarios, y desde el principio me resultó casi imposible pensar en otra cosa. Entonces empecé a experimentar la pobreza, pues seis francos diarios, aunque no sea verdadera pobreza, la roza. Seis francos son un chelín y, si se sabe cómo, en París se puede vivir con un chelín al día. Pero es difícil.

El primer contacto con la pobreza resulta curioso. Has pensado mucho en ella, la has temido toda la vida y sabías que acabarías enfrentándote a ella tarde o temprano; pero resulta ser total y prosaicamente diferente de lo que imaginabas. Pensabas que sería muy sencilla y es complicadísima. Pensabas que sería horrible; es solo aburrida y sórdida. Lo primero que descubres es su peculiar vileza; los cambios que te obliga a hacer, sus complejas mezquindades, tener que rebañar las cortezas.

Descubres, por ejemplo, el secretismo que va ligado siempre a la pobreza. De pronto tus ingresos se reducen a seis francos al día. Pero, por supuesto, no osas admitirlo: tienes que fingir que sigues como siempre. Desde el principio te enredas en una maraña de mentiras, e incluso eso es difícil de manejar. Dejas de enviar la ropa a la lavandería, te encuentras con la lavandera y te pregunta por qué; farfullas una excusa, ella cree que la estás enviando a otro sitio y se convierte en tu enemiga de por vida. El estanquero te pregunta por qué fumas menos que antes. Quieres responder a unas cartas y no puedes porque los sellos son demasiado caros. Y luego está la comida, eso es lo más difícil. Todos los días sales a la hora de comer, en teoría a un restaurante, y te pasas una hora contemplando las palomas en los Jardines de Luxemburgo. Después te llevas de tapadillo la comida a casa. Pan con margarina, o pan y vino, y hasta eso está dominado por las mentiras. Te ves obligado a comprar pan de centeno en vez de pan blanco, porque las hogazas de pan de centeno, aunque más caras, son redondas y es posible ocultarlas en los bolsillos. De modo que desperdicias un franco al día. A veces, para guardar las apariencias, tienes que gastar sesenta céntimos en una copa, y te quedas sin la correspondiente cantidad de comida. Tu ropa interior cada vez está más sucia y no tienes jabón ni cuchillas de afeitar. Te hace falta un corte de pelo e intentas cortártelo tú, con tan malos resultados que al final acabas yendo al barbero y gastándote el equivalente a la comida de un día. Te pasas el día contando mentiras que siempre te cuestan caras.

Descubres lo precarios que son tus seis francos diarios. Ocurren mezquinos desastres que te dejan sin comer. Te has gastado los últimos ochenta céntimos en medio litro de leche, y la estás calentando en un infiernillo de alcohol. Una chinche te trepa por el antebrazo; le das un golpe con la uña y cae, ¡chof!, justo en la leche. No tienes más remedio que tirarla y quedarte sin comer.

Vas a la panadería a comprar una libra de pan, y esperas mientras la chica corta una libra para otro cliente. Es torpe, y corta más de la cuenta. «*Pardon, monsieur* —se excusa—, no le importará pagar dos sous de más, ¿verdad?» La libra de pan cuesta un franco, y solo tienes uno. Cuando piensas que podría hacerte pagar dos sous de más y que tendrías que confesar que no puedes permitírtelo, te recorre un escalofrío de pánico. Pasan horas antes de que vuelvas a aventurarte en una panadería.

Vas a la verdulería a gastar un franco en un kilo de patatas, pero una de las monedas es belga y el tendero la rechaza. Sales avergonzado de la tienda y no vuelves a poner los pies allí.

Vagas por un barrio respetable y ves a lo lejos a un amigo a quien le van bien las cosas. Para darle esquinazo te metes en el café más próximo. Una vez allí tienes que consumir alguna cosa, así que gastas tus últimos cincuenta céntimos en un café solo con una mosca flotando en él. Hay cientos de desastres así. Forman parte del proceso de estar sin dinero.

Descubres lo que es tener hambre. Con el pan y la margarina en el estómago, sales a ver escaparates. En todas partes hay montones de comida que te insultan con su derroche, cochinillos, cestas de pan recién hecho, barras amarillas de mantequilla, ristras de salchichas, montañas de patatas, quesos de Gruyère tan grandes como ruedas de molino. Sientes lástima de ti mismo al ver tanta comida. Piensas en coger una barra de pan, salir corriendo y engullirla antes de que te atrapen, pero te contienes por puro miedo.

Descubres el aburrimiento inseparable de la pobreza; los ratos en que no tienes nada que hacer y, muerto de hambre, no puedes pensar en otra cosa. Te pasas medio día tumbado en la cama, sintiéndote como el *jeune squelette* del poema de Baudelaire. Solo la comida podría animarte. Descubres que cuando te mantienes una semana a base de pan y margarina dejas de ser una persona y te conviertes en un estómago con varios órganos accesorios.

Así —podría seguir describiéndola, pero es todo por el estilo— es la vida con seis francos diarios. En París la llevan miles de personas: artistas y estudiantes sin dinero, prostitutas que atraviesan una mala racha, desempleados de todo tipo. Son, por así decirlo, los suburbios de la pobreza.

Continué de esa manera unas tres semanas. Los cuarenta y siete francos desaparecieron pronto y tuve que arreglármelas con los treinta y seis a la semana que ganaba con las clases de inglés. Como me faltaba experiencia, administraba mal el dinero, y a veces me pasaba un día sin comer. En esos casos vendía un poco de ropa, la sacaba a escondidas del hotel en un paquetito y la llevaba a una tienda de segunda mano en la rue de la Montagne-Sainte-Geneviève. El tendero era un judío pelirrojo, un hombre muy desagradable que se encolerizaba al ver llegar a un cliente. A juzgar por sus modales, cualquiera diría que le ofendía que entrases en su tienda. «*Merde!* —gritaba—, ¿otra vez aquí? ¿Es que me ha tomado por la beneficencia?»

Y pagaba precios bajísimos. Por un sombrero que me había costado veinticinco chelines y que apenas había usado me dio cinco francos, por un buen par de zapatos otros cinco francos y apenas un franco por camisa. Prefería cambiar a comprar y acostumbraba a ponerte algún objeto inútil en la mano y fingir que lo habías aceptado. En una ocasión le vi aceptar un buen abrigo de una anciana, ponerle dos bolas blancas de billar en las manos y sacarla a empujones de la tienda antes de que pudiera quejarse. Habría sido un placer romperle la nariz a aquel judío, si hubiese podido permitírmelo.

Esas tres semanas fueron míseras e incómodas, y era evidente que aún me esperaba lo peor, pues pronto expiraría el alquiler. No obstante, no fue tan malo como pensaba, pues, cuando caes en la pobreza, descubres algo que te hace olvidar lo demás: descubres el aburrimiento, las mezquinas complicaciones y el hambre, pero también el rasgo redentor de la pobreza, el hecho de que elimina el futuro. Dentro de ciertos límites, es cierto que cuanto menos dinero tienes menos te preocupas. Cuando tienes cien francos, te asaltan temores sin cuento. Cuando tienes solo tres todo te es indiferente; con eso tienes hasta el día siguiente y eres incapaz de pensar más allá. Te aburres, pero no tienes miedo. Piensas vagamente: «Dentro de un día o dos estaré muriéndome de hambre… parece increíble, ¿no?». Y luego empiezas a pensar en otra cosa. Una dieta a base de pan con margarina ofrece, hasta cierto punto, su propio analgésico.

Hay otra sensación que constituye un gran consuelo en la pobreza. Creo que cualquiera que haya pasado apuros económicos la habrá experimentado. Es una sensación de alivio, casi placentera, al saber que por fin estás sin blanca. Has hablado tantas veces de la posibilidad de acabar en el arroyo… y resulta que ya estás en él y puedes soportarlo. Eso te quita muchas preocupaciones.

IV

Un día mis clases de inglés se acabaron de pronto. Empezaba a hacer calor y a uno de mis alumnos le dio pereza seguir con las clases y me despidió. El otro se fue sin previo aviso y me dejó a deber doce francos. Me quedé con solo treinta céntimos y sin tabaco. Estuve un día y medio sin nada que comer ni fumar, hasta que por fin, demasiado hambriento para soportarlo, metí la ropa que me quedaba en la maleta y la llevé a empeñar. Eso acabó con mis pretensiones de normalidad, pues no podía sacar la ropa del hotel sin pedirle permiso a madame F. Recuerdo, no obstante, lo mucho que le sorprendió que le preguntara en lugar de sacarla de tapadillo, pues largarse sin pagar era una práctica habitual en el barrio.

Era la primera vez que visitaba una casa de empeños francesa. Entrabas por aquellos majestuosos portales de piedra (inscritos, por supuesto, con el lema «Liberté, Égalité, Fraternité» que los franceses colocan incluso en las comisarías) a una gran sala muy austera como el aula de una escuela, con un mostrador y varias filas de bancos. Había unas cuarenta o cincuenta personas esperando. Entregabas la petición en el mostrador y te sentabas. Al cabo de un rato, cuando el empleado había tasado su valor, gritaba: «*Numéro* tal y tal, ¿acepta cincuenta francos?». A veces eran solo quince, o diez o cinco, fuera lo que fuese se enteraba toda la sala. Cuando llegué, el empleado gritó con aire ofendido: «*Numéro 83*... ¡venga aquí!», soltó un silbidito e hizo un gesto como si llamara a un perro. El *Numéro 83* fue al mostrador; era un anciano con barba con un abrigo abotonado hasta el cuello y el bajo de los pantalones deshilachado. Sin decir palabra, el empleado colocó el bulto encima del mostrador, era evidente que no valía nada. Cayó al suelo y se abrió dejando a la vista cuatro pares de calzoncillos masculinos de lana. Nadie pudo contener la risa. El pobre *Numéro 83* recogió sus calzoncillos y salió arrastrando los pies y murmurando para sus adentros.

La ropa que yo iba a empeñar junto con la maleta me había costado más de veinte libras y estaba en buen estado. Calculé que valdría unas diez libras y la cuarta parte (es lo que hay que esperar en una casa de empeños) eran doscientos cincuenta o trescientos francos. Esperé muy tranquilo, convencido de que me ofrecerían como mínimo doscientos.

Por fin, el empleado gritó mi número:

—*Numéro 97!*

—Sí —respondí, y me puse en pie.

—¿Setenta francos?

¡Setenta francos a cambio de ropa por valor de diez libras! Pero era inútil discutir; había visto a uno hacerlo y el empleado había retirado su oferta en el acto. Cogí el dinero con el recibo y salí. Ya solo tenía la ropa que llevaba puesta, una chaqueta muy gastada en los codos, un abrigo que tal vez podría empeñar y una camisa limpia. Luego, cuando ya era demasiado tarde, supe que es mejor ir a las casas de empeño por la tarde. Los empleados son franceses, y como casi todos los franceses, están de mal humor hasta después de comer.

Cuando llegué a casa, madame F. estaba barriendo el suelo del *bistro*. Subió los escalones para salirme al encuentro. Noté en su mirada que estaba intranquila respecto al alquiler.

—Bueno —dijo—, ¿cuánto le han dado por la ropa? No mucho, ¿eh?

—Doscientos francos —respondí sin dudarlo.

—*Tiens!* —exclamó sorprendida—; caramba, no está mal. ¡La ropa inglesa debe de ser muy cara!

La mentira me ahorró muchas complicaciones y, curiosamente, acabó convirtiéndose en realidad. Unos días después, cobré justo doscientos francos que me debían de un artículo y, aunque me dolió, gasté hasta el último penique en pagar el alquiler. De ese modo, aunque las semanas siguientes pasé mucha hambre, al menos nunca me faltó un techo.

Ahora era imprescindible encontrar trabajo, y recordé a un amigo, un camarero ruso, que tal vez podría ayudarme. Lo había conocido en el pabellón público de un hospital, donde recibía tratamiento para la artritis en la pierna izquierda. Me había dicho que acudiera a él si me veía en dificultades.

Debo decir algo más acerca de Boris, pues era un personaje curioso y un gran amigo. Era un hombre corpulento y marcial de unos treinta y cinco años, y había sido bien parecido aunque, por culpa de la enfermedad, había tenido que guardar cama y había engordado muchísimo. Como casi todos los refugiados rusos, había tenido una vida aventurera. Sus padres, asesinados en la Revolución, eran gente adinerada y él había servido en la guerra con el Segundo de Fusileros Siberianos, que, según él, era el mejor regimiento del ejército ruso. Después de la guerra había trabajado en una fábrica de cepillos, luego como mozo de cuerda en Les Halles, después había sido friegaplatos y había llegado a camarero. Cuando enfermó, estaba trabajando en el Hôtel Scribe, y ganaba cien francos al día en propinas. Su ambición era llegar a ser *maître d'hôtel*, ahorrar cincuenta mil francos, y abrir un pequeño y selecto restaurante en la orilla derecha del Sena.

Boris hablaba siempre de la guerra como de la época más feliz de su vida. La guerra, y todo lo relacionado con lo militar, era su pasión; había leído incontables libros sobre estrategia e historia militar y conocía todas las teorías sobre Napoleón, Kutuzof, Clausewitz, Moltke y Foch. Cualquier cosa que tuviese que ver con los soldados le gustaba. Su café preferido era la Closerie des Lilas en Montparnasse, solo porque fuera está la estatua del mariscal Ney. Boris y yo íbamos a veces a la rue du Commerce. Si cogíamos el metro, Boris siempre se apeaba en la parada de Cambronne, y no en la de Commerce, que estaba más cerca, le gustaba por el general Cambronne, que, cuando lo conminaron a rendirse en Waterloo, se limitó a responder: «Merde!».

Lo único que le había dejado la Revolución a Boris eran sus medallas y algunas fotografías de su antiguo regimiento; las había conservado cuando se vio obligado a empeñar todo lo demás. Casi todos los días extendía las fotografías sobre la cama y me hablaba de ellas:

«*Voilà, mon ami!* Ahí me tienes al frente de mi compañía. Una buena pandilla, ¿eh? No como esos cobardes de franceses. Estaba al mando de veinte hombres… no está mal, ¿eh? Sí, era capitán del Segundo de Fusileros Siberianos; y mi padre era coronel.

»*Ah, mais, mon ami*, ¡son los altibajos de la vida! Capitán en el ejército ruso, y luego, puf, vino la Revolución y me quedé sin un penique. En 1916 me alojé una semana en el Hôtel Édouard Sept; en 1920 trabajé en él como vigilante nocturno. He sido vigilante nocturno, bodeguero, barrendero, friegaplatos, mozo de cuerda, encargado de unos urinarios públicos. He dado propinas a los camareros y también las he recibido de ellos.

»¡Ah!, pero he sabido lo que es vivir como un caballero, *mon ami*. No quiero fanfarronear, pero el otro día intenté calcular cuántas amantes había tenido en mi vida, y me salían más de doscientas. Sí, como mínimo doscientas… Bueno, *ça reviendra*. El que resiste gana. ¡Valor!», etc., etc.

Boris era de ánimo raro y antojadizo. Siempre había querido volver al ejército, pero llevaba tanto tiempo trabajando de camarero que parecía un camarero. Aunque nunca había conseguido ahorrar más de unos pocos miles de francos, estaba convencido de que al final podría abrir su propio restaurante y se haría rico. Luego descubrí que todos los camareros dicen y piensan lo mismo; es lo que les reconcilia con su profesión. Boris contaba cosas interesantes sobre la vida en el hotel.

«Este trabajo es una lotería —decía a menudo—, lo mismo puedes morir pobre que ganar una fortuna en un año. No cobramos ningún salario y dependemos de las propinas: el diez por ciento de la cuenta y una comisión de las empresas de vino y champán. A veces las propinas son muy generosas. El camarero del bar de Maxim's, por ejemplo, gana quinientos francos al día. Y en temporada alta más todavía. Yo mismo he llegado a ganar doscientos. Fue en un hotel en Biarritz, en plena temporada. Todos los empleados, desde el director a los *plongeurs*, trabajábamos veintiuna horas al día. Veintiuna horas trabajando y dos y media para dormir durante un mes. Pero valió la pena por doscientos francos diarios.

»Nunca se sabe cuándo puede llegar un golpe de suerte. Una vez, cuando estaba en el Hôtel Royal, un cliente norteamericano me mandó llamar antes de la cena y pidió veinticuatro cócteles de brandy. Se los llevé en una bandeja, en veinticuatro copas. "Y ahora, *garçon* —dijo (estaba borracho)—. Yo me beberé doce y usted otros doce, y si después puede llegar andando a la puerta, le daré cien francos." Llegué a la puerta y me dio los cien francos. Y todas las noches, durante seis días, hizo lo mismo: doce cócteles de brandy y cien francos. Unos meses después me enteré de que lo había extraditado el gobierno estadounidense. Por desfalco. No están mal esos norteamericanos, ¿no crees?»

Me caía bien Boris, y pasamos juntos ratos muy interesantes, jugando al ajedrez y hablando de la guerra y los hoteles. Boris a menudo me sugería que me hiciese camarero. «Te gustaría —decía—, cuando se tiene trabajo, se ganan cien francos al día y se tiene una amante guapa, no se vive tan mal. Dices que lo tuyo es escribir. Pero eso es una tontería. Solo hay una forma de ganar dinero escribiendo: casarse con la hija de un editor. Si te afeitases el bigote, serías un buen camarero. Eres alto y hablas inglés, es lo más importante para un camarero. Espera hasta que pueda doblar esta puñetera pierna, *mon ami*. Y luego, si alguna vez te quedas sin trabajo, ven a verme.»

Ahora que no tenía para pagar el alquiler y que empezaba a pasar hambre, recordé la promesa de Boris, y decidí ir a verlo cuanto antes. No contaba con que me contrataran como camarero con tanta facilidad como me había dicho, pero por supuesto sabía fregar platos y sin duda podría conseguirme un empleo en la cocina. Me había dicho que en verano era muy sencillo encontrar trabajo de friegaplatos. Fue un gran alivio recordar que, después de todo, me quedaba un amigo influyente a quien recurrir.

V

Poco tiempo antes, Boris me había dado una dirección en la rue du Marché des Blancs Manteaux. Lo único que decía en su carta era que «las cosas no le iban demasiado mal», y di por supuesto que había vuelto al Hôtel Scribe y a sus cien francos diarios. Me sentía muy esperanzado y no entendía cómo había sido tan idiota de no acudir antes a Boris. Ya me veía en un bonito restaurante con alegres cocineros cantando canciones de amor mientras cascaban los huevos en la sartén, y cinco sustanciosas comidas al día. Incluso despilfarré dos francos cincuenta en un paquete de Gauloises Bleu, como adelanto de mi salario.

Por la mañana fui dando un paseo a la rue du Marché des Blanc Manteaux; para mi sorpresa, resultó ser un callejón de los barrios bajos tan sórdido como el mío. El hotel de Boris era el más sucio de la calle. De la puerta salía un olor agrio y horrible, una mezcla de agua sucia y sopa de sobre —Bouillon Zip a veinticinco céntimos el paquete—. Me invadieron los recelos. La gente que toma Bouillon Zip pasa hambre o casi. ¿De verdad estaría ganando Boris cien francos diarios? Un hosco *patron* que encontré en la recepción me informó de que sí, el ruso estaba en casa: en la buhardilla. Subí seis tramos de estrechas y sinuosas escaleras, y el olor a Bouillon Zip se fue haciendo más intenso a medida que subía. Boris no respondió cuando llamé a la puerta, así que abrí y entré.

La habitación era una buhardilla de unos diez pies cuadrados, iluminada solo por un tragaluz y sin más mobiliario que una estrecha cama de hierro, una silla y un lavabo al que le faltaba una pata. Una larga cadena de chinches en forma de ese avanzaba lentamente por la pared encima de la cama. Boris dormía, desnudo, con la barriga formando un montículo debajo de la sábana mugrienta. Tenía el pecho cubierto de picaduras de insectos. Cuando entré, despertó, se frotó los ojos y soltó un profundo gemido.

—¡Dios! —exclamó—. ¡Ay, santo Dios, mi espalda! ¡Maldita sea, creo que está rota!

—¿Qué te pasa? —pregunté.

—Pues que tengo la espalda rota. He pasado la noche en el suelo. ¡Dios santo! ¡No imaginas cuánto me duele!

—Mi querido Boris, ¿estás enfermo?

—Enfermo no, hambriento... sí, acabaré muriendo de hambre, si esto dura mucho más tiempo. Aparte de dormir en el suelo, llevo semanas viviendo con dos francos al día. ¡Es horrible! Has venido en mal momento, *mon ami*.

No creí necesario preguntarle si aún conservaba su trabajo en el Hôtel Scribe. Corrí escaleras abajo y compré una barra de pan. Boris se abalanzó sobre ella y devoró la mitad, luego se sintió un poco mejor, se sentó en la cama y me contó lo sucedido. Al salir del hospital, había perdido su empleo porque todavía cojeaba mucho; había gastado su dinero; empeñado todo lo que tenía y llevaba varios días sin comer. Había dormido una semana en un embarcadero debajo del Pont d'Austerlitz entre unas barricas de vino vacías. Los últimos quince días había vivido en esa habitación con un mecánico judío. Por lo visto (la explicación era enrevesada), el judío le debía trescientos francos y se los estaba devolviendo dejándole dormir en el suelo y dándole dos francos al día para comprar comida. Con dos francos se pueden comprar un café y dos bollos. El judío se marchaba a trabajar a las siete de la mañana, y entonces Boris se levantaba del suelo (justo debajo del tragaluz, que dejaba pasar el agua) y se metía en la cama. No podía dormir mucho por culpa de las chinches, pero al menos era un descanso para su espalda.

Acudir a Boris en busca de ayuda y encontrarlo incluso en peor situación que la mía fue una gran decepción. Le expliqué que no me quedaban más que unos sesenta francos y que necesitaba encontrar trabajo cuanto antes. Para entonces Boris se había comido lo que quedaba de la barra de pan y volvía a estar alegre y locuaz.

—Dios mío, ¿a qué vienen tantas preocupaciones? Sesenta francos… pero ¡si es una fortuna! Por favor, dame ese zapato, *mon ami*. Como se acerquen más esas chinches, las aplasto.

—Pero ¿tú crees que hay alguna posibilidad de encontrar trabajo?

—¿Posibilidad? Es una certeza. De hecho, ya lo tengo. Están a punto de abrir un nuevo restaurante ruso en la rue du Commerce. Es *une chose entendue* que yo seré el *maître d'hôtel*. Puedo conseguirte un trabajo en la cocina. Cincuenta francos al mes, más la comida… y las propinas, si tienes suerte.

—¿Y mientras tanto? Mi alquiler vence dentro de poco.

—¡Oh, ya encontraremos algo! Guardo un par de ases en la manga. Hay gente que me debe dinero, por ejemplo… París está lleno. Uno de ellos me va a pagar enseguida. ¡Y piensa en todas mis amantes! Una mujer nunca olvida, ya sabes… No tengo más que pedírselo y me ayudarán. Además, el judío me ha contado que va a robar unas magnetos del garaje donde trabaja, y nos pagará cinco francos al día por limpiarlas antes de venderlas. Solo con eso será suficiente. No te preocupes, *mon ami*. No hay nada más fácil que conseguir dinero.

—Bueno, pues vayamos a buscar empleo.

—Enseguida, *mon ami*. Descuida, que no pasaremos hambre. No es más que uno de los reveses de la guerra. He estado en situaciones peores. Es solo cuestión de insistir. Recuerda el lema de Foch: «Attaquez! Attaquez! Attaquez!».

Hasta mediodía, Boris no se animó a levantarse. La única ropa que le quedaba era un traje, una camisa, un cuello y una corbata, un par de zapatos muy usados, y un par de calcetines llenos de agujeros. También conservaba un abrigo que podía empeñar en caso de última necesidad y una maleta de cartón muy abollada que no valdría ni veinte francos, pero que tenía gran importancia porque el *patron* del hotel pensaba que estaba llena de ropa; sin ella, lo más probable era que hubiese echado a Boris a la calle. En realidad, solo contenía las medallas y las fotografías, unas cuantas cosas sueltas y enormes mazos de cartas de amor. A pesar de todo, Boris se las arreglaba para tener un aspecto bastante pulcro. Se afeitaba sin jabón y con la misma cuchilla de afeitar desde hacía dos meses, se anudaba la corbata para que no se viesen los agujeros, y rellenaba cuidadosamente las suelas de los zapatos con papel de periódico. Por último, cuando acababa de vestirse, sacaba un tintero y se teñía la piel de los tobillos donde asomaba por los agujeros de los calcetines. Una vez concluidos los preparativos, nadie habría dicho que hasta hacía poco había dormido debajo de los puentes del Sena.

Fuimos a un pequeño café en la rue de Rivoli, un sitio frecuentado por los directores de hotel y sus empleados. Al fondo había una sala oscura como una cueva abarrotada de toda suerte de trabajadores de hotel: elegantes camareros jóvenes, otros no tan elegantes y claramente hambrientos, gruesos y sonrosados cocineros, friegaplatos grasientos, mujeres de la limpieza viejas y estropeadas. Todos tenían delante una taza de café solo. Aquel lugar era, en realidad, una oficina de contratación, y el dinero gastado en las bebidas era la comisión del *patron*. De vez en cuando, un hombre corpulento y con aire importante entraba y hablaba con el camarero de detrás de la barra y este llamaba a uno de los que había en la trastienda. Pero a Boris y a mí no nos llamó y, al cabo de dos horas, nos marchamos, pues la etiqueta decía que solo podías quedarte dos horas por una consumición. Luego supimos, cuando ya era demasiado tarde, que el truco era sobornar al camarero; si podías permitirte veinte francos, normalmente te conseguía trabajo.

Fuimos al Hôtel Scribe y estuvimos una hora esperando en la acera, con la esperanza de que saliera el director, pero no salió. Luego nos arrastramos hasta la rue du Commerce, solo para descubrir que el nuevo restaurante, que estaban redecorando, estaba cerrado y que el *patron* había salido. Para entonces se había hecho de noche. Habíamos andado catorce kilómetros por las calles, y estábamos tan cansados que tuvimos que gastar un franco cincuenta en volver a casa en metro. Para Boris era un suplicio caminar con la pierna coja y su optimismo fue desapareciendo a medida que transcurría el día. Cuando nos apeamos en la estación de la Place d'Italie estaba desesperado. Empezó a decir que no valía la pena buscar empleo y que la única opción que nos quedaba era el delito.

«Más vale robar que pasar hambre, *mon ami*. Lo he planeado muchas veces. Un norteamericano rico y gordo… un rincón oscuro camino de Montparnasse… un adoquín metido en una media… ¡pum! Le vaciamos los bolsillos y salimos corriendo. Es factible, ¿no crees? Yo no vacilaría… recuerda que he sido soldado.»

Por fin descartó el plan, porque los dos éramos extranjeros y nos reconocerían con facilidad.

Al llegar a mi habitación gastamos otro franco cincuenta en pan y chocolate. Boris devoró su parte y se animó como por arte de magia; la comida actuaba en él tan rápido como un cóctel. Sacó un lápiz y empezó a escribir una lista de personas dispuestas a darnos trabajo. Según dijo, eran decenas.

«Mañana encontraremos algo, *mon ami*, lo noto en la médula de los huesos. La suerte siempre cambia. Además, los dos somos listos… un hombre inteligente nunca pasa hambre.

»¡La de cosas que puede hacer un hombre con cerebro! Con cerebro se saca dinero de cualquier cosa. Una vez conocí a un tipo, un polaco, que era un auténtico genio; ¿sabes lo que hacía? Compraba un anillo de oro y lo empeñaba por quince francos. Luego, ya sabes con qué cuidado cumplimentan el recibo los empleados, donde habían escrito "*en or*", él añadía: "*et diamants*" y cambiaba "quince francos" por "quince mil". Ingenioso, ¿eh? Luego, pedía prestados mil francos y entregaba el recibo como garantía. A eso le llamo yo tener cerebro...»

El resto de la noche Boris siguió muy animoso y estuvo hablando de las cosas que haríamos cuando fuésemos camareros en Niza o Biarritz con una habitación elegante y suficiente dinero para tener una amante. Estaba demasiado cansado para andar los tres kilómetros de vuelta a su hotel, y durmió en el suelo de mi habitación con el abrigo enrollado en torno a los zapatos a modo de almohada.

VI

Al día siguiente tampoco encontramos trabajo y, hasta pasadas tres semanas, no cambió nuestra suerte. Mis doscientos francos me ahorraron el problema del alquiler, pero todo lo demás salió mal. Día tras día Boris y yo recorrimos París, andando unas dos millas cada hora entre la muchedumbre, aburridos y hambrientos, sin encontrar nada. Recuerdo que un día cruzamos el Sena once veces. Pasábamos horas enteras ante las puertas de servicio y, cuando salía el director, nos acercábamos muy complacientes con la gorra en la mano. Siempre obteníamos la misma respuesta: no querían a un cojo, ni a alguien sin experiencia. Una vez estuvieron a punto de contratarnos. Mientras hablaba con el director, Boris se plantó muy erguido sin apoyarse en el bastón y el director no reparó en que estaba cojo. «Sí —afirmó—, necesitamos dos hombres en la bodega. Tal vez sirvan ustedes. Pasen dentro.» Entonces Boris se movió y se descubrió el pastel. «¡Ah! —exclamó el director—, cojea usted. *Malheureusement...*»

Nos apuntamos en varias agencias y respondimos a demandas de empleo, pero como íbamos a pie a todas partes éramos lentos, y siempre llegábamos media hora tarde. Un día casi conseguimos un trabajo para limpiar las vías del tren, pero en el último momento se lo dieron a unos franceses. En otra ocasión respondimos a un anuncio que ofrecía trabajo en un circo. Había que ayudar a colocar los bancos y recoger la basura, y du-

37

rante la actuación había que plantarse sobre dos barriles y dejar que un león te saltara entre las piernas. Cuando llegamos, una hora antes de lo indicado, encontramos una cola de cincuenta personas esperando. No hay duda de que los leones tienen su atractivo.

Otra vez una agencia a la que había recurrido unos meses antes me envió un *petit bleu* a propósito de un caballero italiano que quería clases de inglés. El *petit bleu* decía: «Venga enseguida» y prometía veinte francos la hora. Boris y yo nos desanimamos. Hete ahí una espléndida oportunidad y tenía que desaprovecharla, pues no podía presentarme en la agencia con un agujero en el codo del abrigo. Entonces se nos ocurrió que podía ponerme el abrigo de Boris, que no combinaba con mis pantalones, aunque, como eran grises, de cerca parecían de franela. El abrigo me quedaba tan grande que tendría que llevarlo sin abotonar y con la mano en el bolsillo. Quise darme prisa y despilfarré setenta y cinco céntimos en un billete de autobús para llegar cuanto antes a la agencia. Cuando llegué, me dijeron que el italiano había cambiado de idea y se había ido de París.

En una ocasión Boris me propuso que fuese a Les Halles e intentase encontrar empleo como mozo de cuerda. Llegué a las cuatro y media de la madrugada cuando empezaba el trabajo. Vi a un hombre bajo con sombrero hongo que estaba dándole instrucciones a unos mozos, me acerqué y le pedí trabajo. Antes de responder me tomó la mano y me tocó la palma.

—Es usted fuerte, ¿no? —dijo.

—Mucho —mentí.

—*Bien*. Demuéstreme cómo levanta esa caja.

Era una cesta enorme llena de patatas. La agarré y comprobé que no solo no podía levantarla, sino que ni siquiera podía moverla. El hombre del hongo me miró, se encogió de hombros y se fue. Yo hice ademán de marcharme. Cuando me había alejado un poco, volví la vista y vi nada menos que a cuatro hombres que subían la cesta a un carro. Debía de pesar tres quintales. El hombre había visto que no valía para el empleo y había recurrido a ese truco para librarse de mí.

A veces, en sus momentos más esperanzados, Boris gastaba cincuenta céntimos en un sello y escribía a alguna de sus ex amantes pidiéndole dinero. Solo una respondió. Era una mujer que, además de haber sido su amante, le debía doscientos francos. Cuando Boris vio la carta esperando y reconoció la letra, se volvió loco de esperanza. Recogimos la carta y corrimos a leerla en la habitación de Boris, como unos niños que hubiesen robado unos caramelos. Boris leyó la carta, y luego me la entregó en silencio. Decía así:

> Mi querido lobito:
>
> Cuánto me alegró abrir el otro día tu encantadora carta, que me recordó los días de nuestro amor, y los besos que recibí de tus labios. Unos recuerdos que perdurarán para siempre en mi corazón, como el perfume de una flor muerta.
>
> En cuanto a tu petición de doscientos francos, ¡ay!, me resulta imposible. No sabes, mi vida, la desolación que me causan tus apuros financieros. Pero ¿qué quieres? En esta vida tan triste todos tenemos nuestros problemas. Yo también he pasado lo mío. Mi hermana pequeña ha estado enferma (cuánto ha sufrido, la pobre) y qué sé yo lo que le debemos al médico. Hemos gastado todo lo que teníamos y te aseguro que estamos atravesando días muy difíciles.
>
> Valor, lobito, ¡siempre valor! Recuerda que los malos tiempos no duran siempre, y que las dificultades que hoy nos parecen tan terribles acabarán desapareciendo.
>
> Confía, vida mía, en que te recordaré siempre. Y recibe los besos más sinceros de quien nunca ha dejado de quererte, tu
>
> YVONNE

La carta decepcionó tanto a Boris que se fue directo a la cama y ese día no quiso salir a buscar trabajo.

Mis sesenta francos duraron unos quince días. Había renunciado a fingir que salía a comer a restaurantes, y almorzábamos en mi habitación, uno sentado en la cama y el otro en la silla. Boris aportaba sus dos francos y yo tres o cuatro para comprar pan, patatas, leche y queso, y calentábamos una sopa en mi infiernillo de alcohol. Teníamos un cazo, un cuenco para el café y una cuchara; todos los días teníamos una educada discusión sobre quién comería en el cazo y quién en el cuenco (en el cazo cabía más), y todos los días, con gran disgusto por mi parte, Boris cedía antes y aceptaba el cazo. A veces comíamos pan por la noche y a veces no. Nuestra ropa interior cada vez estaba más sucia, y hacía tres semanas que no me daba un baño; Boris llevaba meses sin bañarse, o al menos eso decía. Gracias al tabaco todo era más tolerable. Teníamos de sobra, Boris había frecuentado un tiempo a un soldado (a los soldados les dan el tabaco gratis) y le había comprado veinte o treinta paquetes a cincuenta céntimos el paquete.

Todo aquello era mucho peor para Boris que para mí. De tanto andar y dormir en el suelo, la pierna y la espalda le dolían constantemente, y, con su enorme apetito de ruso, el hambre le atormentaba, aunque no parecía adelgazar. En general, estaba sorprendentemente alegre y conservaba la esperanza. Decía muy serio que tenía un santo patrón que velaba por él y, cuando las cosas se ponían feas, buscaba dinero en el arroyo, pues, según él, el santo a menudo echaba allí una moneda de dos francos. Un día estábamos esperando en la rue Royale, cerca de un restaurante ruso donde pensábamos pedir trabajo. De pronto, Boris decidió entrar en la Madeleine y encender una vela de cincuenta céntimos a su santo patrón. Luego, al salir, afirmó que prefería asegurarse y quemó solemnemente un sello de cincuenta céntimos, como sacrificio a los dioses inmortales. Tal vez los santos y los dioses no acabaran de congeniar porque lo cierto es que no conseguimos el empleo.

Algunas mañanas Boris se sumía en la más absoluta desesperación. Se quedaba en la cama al borde de las lágrimas y maldecía al judío con quien vivía. En los últimos tiempos, el judío se hacía el remolón para no pagarle los dos francos diarios, y, lo que era peor, había empezado a tratarle con condescendencia. Boris decía que, como yo era inglés, no podía imaginar la tortura que suponía para un ruso estar a merced de un judío.

«¡Un judío, *mon ami*, un auténtico judío! Y ni siquiera tiene la decencia de avergonzarse. Y pensar que yo, un capitán del ejército ruso... ¿te he contado alguna vez, *mon ami*, que fui capitán en el Segundo de Fusileros Siberianos? Sí, capitán; y mi padre, coronel. Y ya me ves: comiendo el pan de un judío. Un judío...

»Deja que te diga cómo son los judíos. Una vez, en los primeros meses de la guerra, estábamos avanzando y nos detuvimos en un pueblo a pasar la noche. Un viejo judío horrible, con una barba roja como la de Judas Iscariote, se escabulló hasta mi alojamiento. Le pregunté qué quería.

»—Señoría —dijo—, le he traído una chica, una preciosa joven de solo diecisiete años. Solo le costará cincuenta francos.

»—Gracias —respondí—, puedes llevártela. No quiero contraer ninguna enfermedad.

»—¡Enfermedad! —gritó el judío—, *mais, monsieur le capitaine*, no tiene por qué temer nada. ¡Se trata de mi propia hija!

»Ahí tienes al típico judío.

»¿Alguna vez te he dicho, *mon ami*, que en el antiguo ejército ruso se consideraba de mala educación escupirle a un judío? Sí, pensábamos que la saliva de un oficial ruso era demasiado valiosa para desperdiciarla en un judío...», etc., etc.

Esos días Boris decía estar demasiado enfermo para ir a buscar trabajo. Se quedaba tumbado hasta la noche tapado con las sábanas grises y llenas de bichos, fumando y leyendo periódicos atrasados. A veces jugábamos al ajedrez. No teníamos tablero, pero apuntábamos las jugadas en un papel, y luego fabricamos un tablero con el lado de una caja y las piezas con botones, monedas belgas y cosas por el estilo. A Boris, como a muchos rusos, le apasionaba el ajedrez. Decía que las reglas del ajedrez son las mismas que rigen el amor y la guerra, y que, si se te daba bien, se te daban bien las otras dos cosas. Aunque también decía que, si tienes un tablero de ajedrez, da igual pasar hambre, y desde luego en mi caso no era cierto.

VII

Mi dinero se fue esfumando poco a poco: de ocho francos, a cuatro, a uno y a veinticinco céntimos, con los que lo único que se puede comprar es el periódico. Pasamos varios días a base de pan duro, y luego estuve dos días y medio sin comer. Fue una vivencia desagradable. Hay quien hace curas de ayuno de tres o más semanas, y asegura que el ayuno hasta resulta placentero a partir del cuarto día; no lo sé porque nunca he pasado del tercero. Es probable que sea diferente si uno lo hace por voluntad propia y no está desfallecido al empezar.

El primer día, me encontraba demasiado débil para buscar trabajo, así que pedí prestada una caña y me fui a pescar al Sena utilizando moscardas como cebo. Tenía la esperanza de pescar algo para comer, pero por supuesto no pesqué nada. En el Sena abundan los mújoles, pero se volvieron resabiados durante el sitio de París y desde entonces nadie ha vuelto a pescar ninguno como no sea con redes. El segundo día, pensé en empeñar mi abrigo, pero la caminata hasta la tienda de empeños me pareció demasiado larga y me pasé el día en la cama leyendo *Las memorias de Sherlock Holmes*. Fue de lo único que me vi capaz sin comida. El hambre te deja en un estado parecido a la convalecencia de una gripe, como si no tuvieses nervios ni cerebro. Es como si te hubieras convertido en una medusa, o como si te hubiesen sacado la sangre y la hubiesen reemplazado por agua tibia. Mi principal recuerdo del hambre es una absoluta inercia y la necesidad de escupir con frecuencia una saliva blanca y espesa como la de los cucos. Ignoro cuál pueda ser el motivo, pero cualquiera que haya pasado hambre varios días seguidos se habrá dado cuenta.

La tercera mañana, me sentí mucho mejor. Comprendí que debía hacer algo cuanto antes, y decidí pedirle a Boris sus dos francos, al menos durante un día o dos. Lo encontré en la cama muy enfadado. En cuanto me vio, estalló furioso:

—¡Ese sucio ladrón se los ha llevado! ¡Se los ha llevado!

—¿Quién se ha llevado qué? —le pregunté.

—¡El judío! Ese perro se ha llevado mis dos francos, ¡ladrón! ¡Me ha robado mientras dormía!

Resultó que la noche anterior el judío se había negado sin más a pagarle los dos francos diarios. Habían discutido un buen rato y al final el judío había consentido en entregarle el dinero; lo había hecho, afirmó Boris, de manera muy ofensiva, con un pequeño discurso en el que subrayó lo bondadoso que era y le exigía que le mostrase una gratitud humillante. Luego, por la mañana, le había robado el dinero antes de que Boris despertase.

Fue un golpe. Me llevé una enorme decepción, pues había permitido a mi estómago contar con que iba a comer algo, un grave error cuando se tiene hambre. No obstante, para mi sorpresa, Boris no perdió la esperanza. Se sentó en la cama, encendió la pipa y repasó la situación.

—Escucha, *mon ami*, estamos en un aprieto. Entre los dos tenemos solo veinticinco céntimos, y no creo que el judío vuelva a pagarme los dos francos. En cualquier caso, su comportamiento se está volviendo intolerable. ¿Creerás que la otra noche tuvo la indecencia de traer una mujer, mientras yo estaba en el suelo? Y tengo algo peor que contarte. Está pensando en largarse. Debe una semana de alquiler y su plan es no pagar y darme esquinazo al mismo tiempo. Si el judío se larga me quedaré sin techo y el *patron* requisará mi maleta a cambio del alquiler, ¡maldito sea! Tenemos que actuar deprisa.

—De acuerdo. Pero ¿qué podemos hacer? Lo único que se me ocurre es empeñar los abrigos y comprar comida.

—Lo haremos, claro, pero antes tengo que sacar mis cosas de la casa. ¡Pensar en que alguien pueda quedarse con mis fotografías! En fin, lo tengo todo planeado. Voy a adelantarme al judío y largarme yo antes. *Foutre le camp*, tomar las de Villadiego, ya me entiendes. Creo que es lo mejor, ¿no te parece?

—Pero, mi querido Boris, ¿cómo vas a hacerlo a plena luz del día? Te pillarán.

—Bueno, claro, habrá que pensar en una estrategia. Nuestro *patron* vigila para que nadie se marche sin pagar; ya le ha ocurrido antes. Su mujer y él se turnan para montar guardia en la recepción, ¡qué miserables son estos franceses! Pero se me ha ocurrido una forma de hacerlo, si tú me ayudas.

No me sentía con muchos ánimos de ayudar a nadie, pero le pregunté a Boris en qué consistía su plan. Me lo explicó hasta el último detalle.

—Verás. Empezaremos por empeñar los abrigos. Antes de nada, ve a tu habitación y trae tu abrigo, luego vuelve aquí a por el mío y sácalo escondido debajo del tuyo. Llévalos a la casa de empeños de la rue des Francs Bourgeois. Con un poco de suerte, deberían darte veinte francos por los dos. Luego ve a la orilla del Sena y llénate de piedras los bolsillos, tráelas y métolas en la maleta. ¿Vas entendiendo la idea? Envolveré todo lo que pueda en un periódico, bajaré y le preguntaré al *patron* dónde está la lavandería más próxima. Se lo preguntaré con mucho descaro, como si tal cosa, ya me entiendes, el *patron* pensará que en el fardo solo llevo la ropa sucia. O, si sospecha algo, hará lo mismo que hace siempre ese miserable: subirá a mi cuarto y comprobará el peso de la maleta. Y, cuando note el peso de las piedras, pensará que sigue llena. No está mal mi estrategia, ¿eh? Luego, volveré y me llevaré lo que falte en los bolsillos.

—Pero ¿y la maleta?

—Ah, ¿eso? Tendremos que dejarla aquí. Me costó menos de veinte francos. Además, en una retirada siempre hay que abandonar alguna cosa. ¡Mira a Napoleón en el Berézina! Tuvo que abandonar a todo su ejército.

Boris estaba tan encantado con su plan (lo llamaba *un ruse de guerre*) que casi olvidó lo hambriento que estaba. El principal punto flaco —que cuando se marchase no tendría dónde dormir— no parecía importarle.

Al principio *la ruse de guerre* funcionó bien. Volví a casa a por el abrigo (llevaba ya nueve kilómetros con el estómago vacío) y conseguí sacar el abrigo de Boris. Luego surgió un contratiempo. El empleado de la casa de empeños, un hombrecillo entrometido con gesto amargado —el típico funcionario francés— se negó a aceptar los abrigos con la excusa de que no iban envueltos. Afirmó que debían ir en una maleta o en una caja de cartón. Eso lo echaba todo a perder, pues no teníamos ninguna caja y, con solo veinticinco céntimos entre los dos, no podíamos comprar ninguna.

Volví y le comuniqué a Boris la mala noticia.

—*Merde!* —dijo—, esto lo complica todo. En fin, da igual, siempre hay una salida. Usaremos mi maleta.

—Pero ¿cómo vas a salir con la maleta delante del *patron*? Está sentado a la puerta de la recepción. ¡Es imposible!

—¡Con qué facilidad desesperas, *mon ami!* ¿Dónde está esa obstinación inglesa de la que tanto he oído hablar? ¡Valor! Nos las arreglaremos.

Boris estuvo pensando un rato, hasta que se le ocurrió otro astuto plan. La principal dificultad estribaba en distraer al *patron* unos cinco segundos mientras pasábamos con la maleta. Pero hete aquí que el *patron* tenía un punto débil: le interesaba *Le Sport* y siempre estaba dispuesto a hablar sobre el asunto. Boris leyó un artículo sobre carreras ciclistas en un ejemplar viejo del *Petit Parisien*, y luego, después de asomarnos a las escaleras, bajamos y se las arregló para darle conversación al *patron*. Mientras tanto yo esperaba en el rellano, con los abrigos debajo de un brazo y la maleta debajo del otro. Boris había quedado en toser cuando la ocasión le pareciera propicia. Esperé temblando, pues en cualquier momento la mujer del *patron* podía salir por la puerta que había enfrente, y descubriría nuestra jugada. No obstante, al poco rato Boris tosió y conseguí escabullirme hasta la calle sin que me crujieran los zapatos. Demostró tener mucho temple: estuvo riendo y hablando con despreocupación, y en voz tan alta que tapó cualquier ruido que pudiera hacer yo. Luego salió, fue a mi encuentro a la vuelta de la esquina y los dos nos largamos de allí.

Y luego, después de tantas dificultades, el empleado de la casa de empeños volvió a rechazar los abrigos. Me dijo (noté cómo su alma francesa se regodeaba en su propia pedantería) que no tenía bastantes papeles de identificación; mi *carte d'identité* no era suficiente, y debía mostrarle un pasaporte o un sobre con mis señas. Boris tenía un montón de sobres, pero su *carte d'identité* había caducado (no la había renovado para no tener que pagar la tasa), así que no pudimos empeñar los abrigos a su nombre. La única solución era arrastrarnos hasta mi habitación, recoger los papeles necesarios y llevar los abrigos a empeñar en el Boulevard Port Royal.

Dejé a Boris en mi cuarto y fui a la casa de empeños. Al llegar, descubrí que estaba cerrada y que no abrían hasta las cuatro de la tarde. Era casi la una y media, había andado doce kilómetros y llevaba sesenta horas sin comer. El destino parecía estar gastándome una serie de bromas muy poco divertidas.

Luego la suerte cambió milagrosamente. Iba camino de casa por la rue Broca cuando de pronto, brillando entre los adoquines, vi una moneda de cinco sous. Me abalancé sobre ella, corrí a casa, cogí la otra moneda de cinco sous que teníamos, y compré una libra de patatas. En el infiernillo solo quedaba alcohol suficiente para escaldarlas, y no teníamos sal, pero las devoramos con piel y todo. Después nos sentimos como hombres nuevos y nos sentamos a jugar al ajedrez hasta que abrieran la casa de empeños.

A las cuatro volví sin demasiadas esperanzas, pues, si antes solo me habían dado setenta francos, ¿qué podía esperar por dos abrigos raídos en una maleta de cartón? Boris había dicho veinte francos, pero yo pensaba que me darían diez o incluso cinco. O peor aún, podían rechazarlos sin más, como al pobre *Numéro 83* de la vez anterior. Me senté en el banco de delante, para no ver reírse a la gente cuando el empleado dijese «cinco francos».

Por fin el empleado me llamó.

—*Numéro 117!*

—Sí —respondí poniéndome en pie.

—¿Cincuenta francos?

Me llevé casi una impresión tan grande como la vez anterior, cuando me ofrecieron los setenta francos. En esta ocasión, estoy convencido de que el empleado debió de confundir mi recibo con el de algún otro, pues nadie podría haber vendido esos abrigos por más de cincuenta francos. Corrí a casa y entré en la habitación con las manos detrás de la espalda, sin decir nada. Boris estaba jugando con el tablero. Alzó expectante la vista.

—¿Cuánto te han dado? —gritó—. ¿Cómo? ¿Ni siquiera veinte francos? ¿Al menos te habrán dado diez? *Nom de Dieu*, cinco francos sería un abuso. *Mon ami*, no me digas que han sido cinco francos. De lo contrario, empezaré a pensar en el suicidio.

Dejé el billete de cincuenta francos sobre la mesa. Boris se quedó lívido como la pared, luego se puso en pie y me estrechó la mano con tanta fuerza que casi me rompe los huesos. Corrimos a la calle, compramos pan, vino, un trozo de carne y alcohol para el infiernillo y nos atiborramos a comer.

Después, Boris estuvo más optimista que nunca.

—¿Qué te había dicho? —exclamó—. ¡La fortuna de la guerra! Esta mañana teníamos cinco sous, y ahora míranos.

Siempre lo he dicho, no hay nada más fácil que conseguir dinero. Y eso me recuerda que tengo un amigo en la rue Fondary a quien podríamos ir a ver. El muy ladrón me estafó cuatro mil francos. Sobrio es el peor de los ladrones, pero, curiosamente, cuando está borracho es muy honrado. Calculo que a eso de las seis de la tarde ya estará achispado. Vayamos a buscarlo. Es probable que nos pague cien francos a cuenta. *Merde!* Hasta podría pagarnos doscientos. *Allons-y!*

Fuimos a la rue Fondary y lo encontramos cuando ya estaba ebrio, pero no conseguimos nuestros cien francos. En cuanto Boris y él se vieron, se produjo una discusión terrible en la calle. El hombre declaró que no le debía a Boris ni un penique y que, al contrario, era Boris quien le debía cuatro mil francos a él. Aunque no hacían más que pedirme mi opinión, no llegué a saber cuál de los dos tenía razón. Los dos estuvieron discutiendo sin parar, primero en la calle, luego en un *bistro*, después en un restaurante *prix fixe* donde fuimos a cenar y a continuación en otro *bistro*. Al final, después de llamarse ladrón el uno al otro durante dos horas, se fueron a beber y se gastaron hasta el último céntimo del dinero de Boris.

Esa noche Boris durmió en casa de otro refugiado ruso, un zapatero que vivía en el barrio de Commerce. A mí me quedaban ocho francos y un montón de cigarrillos, y estaba ahíto de comida y bebida. Fue un cambio maravilloso después de dos días malos.

VIII

Ahora teníamos veintiocho francos, y podíamos reanudar nuestra búsqueda de empleo. Boris seguía pasando las noches, en términos un tanto misteriosos, en casa del zapatero, y se las había arreglado para que un amigo ruso le prestara otros veinte francos. Tenía amigos, la mayor parte ex oficiales como él, por todo París. Unos eran camareros o friegaplatos, los había que conducían taxis, otros vivían de las mujeres, y algunos se las habían arreglado para sacar su dinero de Rusia y eran dueños de garajes o de salones de baile. En general, los refugiados rusos en París son gente muy industriosa que se ha sobrepuesto a la mala suerte mejor de lo que imagino que lo habrían hecho en caso de ser ingleses. Hay excepciones, claro. Boris me habló de un duque ruso exiliado a quien había conocido y que frecuentaba los restaurantes caros. El duque averiguaba si había algún oficial ruso entre los camareros y, después de cenar, le invitaba amablemente a la mesa.

—¡Ah! —decía el duque—, ¿así que es usted un antiguo soldado, como yo? Vivimos malos tiempos, ¿eh? Bueno, bueno, un soldado ruso no le teme a nada. ¿Cuál era su regimiento?

—El tal y cual, señor —respondía el camarero.

—¡Un regimiento muy valeroso! Les pasé revista en 1912. A propósito, por desgracia he olvidado la cartera en casa. Sé que un soldado ruso me hará el favor de prestarme trescientos francos.

El camarero, si los tenía, se los prestaba y, por supuesto, no volvía a verlos. El duque sacaba así mucho dinero. Es probable que a los camareros no les importase. Un duque es un duque, aunque esté en el exilio.

A través de uno de esos refugiados rusos Boris se enteró de algo que podía proporcionarnos dinero. Dos días después de que empeñáramos los abrigos, Boris me preguntó en tono misterioso:

—Dime, *mon ami*, ¿tienes convicciones políticas?

—No —respondí.

—Yo tampoco. Por supuesto, hay que ser patriota; pero aun así... ¿No dijo Moisés que había que despojar a los egipcios? Eres inglés, habrás leído la Biblia. A lo que me refiero es a si tendrías objeciones en cobrar de los comunistas.

—No, claro que no.

—Pues bien, resulta que hay en París una sociedad secreta rusa que podría ayudarnos. Son comunistas; de hecho, son agentes de los bolcheviques. Actúan como una sociedad amistosa, entran en contacto con los rusos exiliados e intentan convertirles al bolchevismo. Mi amigo ha ingresado en esa sociedad y está persuadido de que nos ayudarían si fuésemos a verlos.

—Pero ¿qué pueden hacer por nosotros? Y, en todo caso, a mí no me ayudarán porque no soy ruso.

—Ahí radica la clave del asunto. Por lo visto, son corresponsales de un periódico moscovita, y necesitan unos artículos sobre política inglesa. Si vamos a verlos ahora mismo, tal vez te encarguen a ti escribirlos.

—¿A mí? Pero ¡si no tengo ni idea de política!

—*Merde!* Ellos tampoco. ¿Quién sabe de política? Es fácil. No tienes más que copiar lo que digan los periódicos ingleses. ¿No llega a París el *Daily Mail*? Cópialo de ahí.

—Pero el *Daily Mail* es un periódico conservador. Odia a los comunistas.

—Pues di lo contrario que el *Daily Mail* y así no te equivocarás. No debemos desperdiciar esta ocasión, *mon ami*. Podríamos ganar cientos de francos.

La idea no me gustó lo más mínimo, pues la policía parisina es implacable con los comunistas, sobre todo si son extranjeros, y yo ya estaba bajo sospecha. Unos meses antes, un detective me había visto salir de la oficina de un semanario comunista, y me había causado muchas dificultades. Si me sorprendían yendo a esa sociedad secreta, podían deportarme. De todos modos, la ocasión parecía demasiado buena para desperdiciarla. Esa tarde, el amigo de Boris, otro camarero, nos condujo al punto de encuentro. No recuerdo el nombre de la calle, era una sórdida callejuela al sur de la orilla del Sena, cerca de la Cámara de Diputados. El amigo de Boris insistió en que tomásemos muchas precauciones. Fingimos deambular como si tal cosa, encontramos el portal en cuestión —era una lavandería— y dimos media vuelta para inspeccionar todas las ventanas y cafés. Si aquel era un sitio de reunión de los comunistas, lo más probable era que estuviese vigilado, y nuestra intención era largarnos si veíamos a alguien con aspecto de detective. Yo estaba asustado, pero a Boris le gustaban esas precauciones conspiratorias y olvidaba que estaba a punto de tratar con los asesinos de sus padres.

Después de cerciorarnos de que no había moros en la costa, entramos a toda prisa. En la lavandería encontramos a una planchadora francesa que nos dijo que «los caballeros rusos» vivían escaleras arriba, al otro lado del patio. Subimos varios tramos de oscuras escaleras y llegamos a un rellano. Un joven fuerte de aspecto hosco y cabello largo, nos esperaba. Cuando llegué, me miró con suspicacia, me impidió el paso con el brazo y dijo algo en ruso.

«Mot d'ordre!», dijo secamente al ver que no respondía.

Me detuve, sobresaltado. No contaba con que me pidieran una contraseña.

«Mot d'ordre!», repitió el ruso.

El amigo de Boris, que iba detrás, se acercó y dijo algo en ruso, ya fuese la contraseña o una explicación. El joven hosco pareció contentarse con eso y nos llevó a un cuartito mugriento con cristales esmerilados en las ventanas. Era como una oficina muy pobre, con carteles de propaganda con letras rusas y un enorme y tosco retrato de Lenin clavado en la pared. Detrás de la mesa había un ruso sin afeitar y en mangas de camisa escribiendo direcciones en fajas de periódico de una pila que tenía delante. Cuando llegué se dirigió a mí en un francés macarrónico.

—¡Habéis sido muy descuidados! —exclamó, quisquilloso—. ¿Por qué habéis venido sin un paquete de ropa sucia?

—¿Ropa sucia?

—Todo el mundo tiene que traer ropa. Como si la llevase a la lavandería. La próxima vez traed un paquete bien grande. No queremos poner a la policía sobre nuestra pista.

Aquello era incluso más conspiratorio de lo que había imaginado. Boris se sentó en la única silla que quedaba vacía y estuvieron un buen rato hablando en ruso. Solo hablaba el hombre sin afeitar; el más huraño se apoyó contra la pared sin dejar de mirarme, como si aún sospechara de mí. Era raro estar plantado en aquel cuartito secreto con sus carteles revolucionarios, escuchando una conversación de la que no entendía una palabra. Los rusos hablaban deprisa y con vehemencia, con muchas sonrisas y encogimientos de hombros. Me habría gustado saber lo que decían. Estarían llamándose «padrecito» unos a otros, pensé, y «palomita» e «Iván Alexándrovich», como los personajes de las novelas rusas. Y seguro que hablaban de revoluciones. El hombre sin afeitar debía de estar diciendo: «Nosotros nunca discutimos. La controversia es un pasatiempo burgués. Nuestros argumentos son los hechos». Luego comprendí que no era eso exactamente. Al parecer, había que pagar una tasa de ingreso de veinte francos y Boris les había prometido pagarla (solo teníamos diecisiete). Por fin Boris sacó nuestras preciosas reservas de dinero y pagó cinco francos a cuenta.

Entonces el hombre hosco se volvió menos desconfiado y se sentó en el borde de la mesa. El que iba sin afeitar empezó a hacerme preguntas en francés y a tomar notas en un pedacito de papel. ¿Era yo comunista?, preguntó. Solo simpatizante, respondí; nunca había formado parte de ninguna organización. ¿Estaba familiarizado con la situación política en Inglaterra? Oh, claro, claro, cité el nombre de varios ministros e hice varios comentarios despectivos sobre el Partido Laborista. ¿Y *Le Sport*? ¿Podría escribir algún artículo sobre *Le Sport*? (El fútbol y el socialismo guardan una misteriosa relación en Europa.) Desde luego, volví a decir. El tipo sin afeitar dijo:

—*Évidemment*, conoces a fondo la situación en Inglaterra. ¿Podrías escribir una serie de artículos para un semanario de Moscú? Nosotros te daremos los detalles.

—Por supuesto.

—En ese caso, camarada, mañana por la mañana tendrás noticias nuestras con el primer reparto de correo. O puede que sea con el segundo. La tarifa son ciento cincuenta francos por artículo. Recuerda traer un paquete de ropa sucia cuando vengas la próxima vez. *Au revoir*, camarada.

Bajamos las escaleras, nos aseguramos desde la lavandería de que no había nadie en la calle y nos escabullimos fuera. Boris estaba loco de alegría. En una especie de éxtasis sacrificial entró a toda prisa en el estanco más próximo y gastó cincuenta céntimos en un puro. Salió sonriendo y golpeando con el bastón contra la acera.

—¡Por fin! ¡Por fin! Ahora, *mon ami*, nuestra suerte sí que ha cambiado. Les has engañado muy bien. ¿Has oído cómo te llamaban camarada? Ciento cincuenta francos por artículo... *Nom de Dieu!*, menuda suerte.

A la mañana siguiente, cuando oí llegar al cartero, bajé corriendo al *bistro* a por mi carta; con gran decepción comprobé que no había llegado. Me quedé en casa esperando el segundo reparto; la carta siguió sin llegar. Después de tres días sin tener noticias de la sociedad secreta, abandonamos toda esperanza y dedujimos que habrían contratado a otra persona para escribir los artículos.

Diez días más tarde hicimos otra visita a las oficinas de la sociedad secreta, y tomamos la precaución de llevar un paquete que parecía de ropa sucia. ¡Descubrimos que la sociedad secreta se había volatilizado! La mujer de la lavandería no sabía nada… se limitó a decir que *ces messieurs* se habían marchado hacía unos días, por un problema con el alquiler. ¡Qué idiotas parecíamos plantados allí con nuestro paquete! Aunque fue un consuelo pensar que habíamos pagado solo cinco francos y no veinte.

Fue la última vez que tuvimos noticias de la sociedad secreta. Nadie sabía qué o quiénes eran en realidad. Personalmente, no creo que tuviesen nada que ver con el Partido Comunista; creo que eran solo unos timadores que engañaban a los refugiados rusos cobrándoles una tasa de ingreso en una sociedad imaginaria. Era un negocio bastante seguro, y sin duda seguirían poniéndolo en práctica en alguna otra ciudad. Eran tipos listos, e interpretaban su papel de manera admirable. Sus oficinas parecían exactamente unas oficinas comunistas secretas, y el detalle de tener que llevar un paquete de ropa era una genialidad.

IX

Pasamos tres días más deambulando de aquí para allá, buscando trabajo y volviendo a mi habitación a comer una sopa y un poco de pan cada vez más escasos. Ahora teníamos dos atisbos de esperanza. En primer lugar, Boris había oído hablar de un posible trabajo en el Hôtel X., cerca de la Place de la Concorde, y, en segundo, el *patron* del nuevo restaurante de la rue du Commerce había regresado por fin. Fuimos a verlo por la tarde. De camino, Boris estuvo hablando de la enorme fortuna que ganaríamos si conseguíamos ese trabajo, y de la importancia de causarle buena impresión al *patron*.

—Las apariencias… las apariencias lo son todo, *mon ami*. Dame un traje nuevo y antes de la cena habré conseguido que alguien nos preste mil francos. Qué pena no haber comprado un cuello de camisa cuando teníamos dinero. Esta mañana le he dado la vuelta al mío, pero ¿de qué sirve, si un lado está tan sucio como el otro? ¿Crees que parezco hambriento, *mon ami*?

—Estás pálido.

—Maldita sea, ¿cómo no voy a estarlo si solo como pan y patatas? Parecer famélico es fatal. A la gente le entran ganas de echarte a patadas. Espera.

Se detuvo ante el escaparate de una joyería y se abofeteó las mejilla con fuerza para que afluyera la sangre. Luego, antes de que desapareciera el rubor, corrimos al restaurante y nos presentamos al *patron*.

Era un hombre bajito, rollizo y de aire solemne, con el cabello ondulado y gris, llevaba un elegante traje cruzado de franela gris y olía a colonia. Boris me contó que era ex coronel del ejército ruso. Su mujer, una francesa horrorosa pálida como un muerto y con los labios muy rojos, que me recordó a un plato de ternera fría con tomates, también estaba. El *patron* saludó a Boris con cordialidad, y los dos estuvieron hablando en ruso unos minutos. Yo me quedé aparte, preparando varias mentiras sobre mi experiencia como friegaplatos.

Luego el *patron* se me acercó. Arrastré incómodo los pies esforzándome en parecer servil. Boris me había insistido tanto en que un *plongeur* es el esclavo de un esclavo, que contaba con que el *patron* me trataría como basura. Para mi sorpresa, me estrechó calurosamente la mano.

—¡Así que es usted el inglés! —exclamó—. ¡Qué simpático! No hace falta que le pregunte si juega al golf.

—*Mais certainement!* —respondí al ver que era lo que quería oír.

—Toda mi vida he querido jugar al golf. ¿Querrá usted, mi querido *monsieur*, tener la amabilidad de enseñarme los golpes más utilizados?

Por lo visto, esa era la manera rusa de hacer negocios. El *patron* escuchó muy atento mientras le explicaba la diferencia entre un hierro y un driver, y de pronto me informó de que estaba todo *entendu*; Boris sería el *maître d'hôtel* cuando abriese el restaurante, y yo *plongeur*, aunque, si el negocio iba bien, podría ascender a encargado de los lavabos.

—¿Cuándo tiene pensado abrir? —pregunté.

—Dentro justo de quince días —respondió muy solemne el *patron* (tenía un modo de mover la mano y sacudir la ceniza del cigarrillo al mismo tiempo que resultaba francamente imponente)—, dentro de quince días, a la hora de comer.

Luego, con evidente orgullo, nos enseñó el restaurante.

Era un local muy pequeño, con un bar, un comedor y una cocina no mucho más grande que un cuarto de baño. El *patron* lo estaba decorando con un falso estilo «pintoresco» (normando, lo llamó él; vigas falsas incrustadas en la escayola y cosas por el estilo), y pensaba llamarlo Auberge de Jehan Cottard para darle un aire medieval. Había mandado imprimir un folleto plagado de mentiras sobre las relaciones históricas del barrio, donde se decía, entre otras cosas, que en el lugar que ocupaba ahora el restaurante había habido una posada frecuentada por Carlomagno. El *patron* estaba encantado con ese toque. También pensaba decorar el bar con cuadros indecentes de un pintor del Salon. Por fin nos obsequió con un cigarrillo caro a cada uno y, después de charlar otro rato, volvimos a casa.

Yo tenía la sensación de que no conseguiríamos nada bueno en ese restaurante. El *patron* me había parecido un farsante, y lo que es peor, un farsante incompetente, y además había visto a dos tipos con pinta inconfundible de acreedores que esperaban en la puerta de atrás. Pero Boris se veía otra vez *maître d'hôtel* y no se dejaba desanimar.

«Lo hemos logrado… no tenemos más que esperar quince días. ¿Qué son quince días? ¿La comida? *Je m'en fous.* ¡Pensar que en menos de tres semanas tendré una amante! Vete a saber si será rubia o morena. Me da igual con tal de que no sea demasiado flaca.»

Pasamos dos días malos. Solo nos quedaban sesenta céntimos, y los gastamos en media libra de pan y un diente de ajo para frotarlo. Lo del ajo es porque el sabor perdura y tiene uno la ilusión de haber comido hace poco tiempo. Pasamos casi todo el día en el Jardin des Plantes. Boris estuvo tirándoles piedras a las palomas, pero no acertó a ninguna, después escribimos menús en la parte de atrás de unos sobres. Estábamos demasiado hambrientos para pensar en nada que no fuese comida. Recuerdo la cena que escogió Boris: una docena de ostras, borscht (sopa roja y dulce de remolacha con nata por encima), cangrejos de río, un pollo *en casserole*, ternera estofada con ciruelas, patatas, ensalada, pudin de manteca y queso roquefort, con un litro de borgoña y un brandy añejo. Boris era muy internacional en sus gustos gastronómicos. Luego, cuando nos fueron mejor las cosas, le vi devorar de vez en cuando comidas casi igual de copiosas sin dificultad.

Cuando se acabó el dinero, dejé de buscar trabajo y pasé otro día sin comer. No creía que el Auberge de Jehan Cottard fuese a abrir de verdad y no veía ninguna otra perspectiva, pero me sentía demasiado abatido para hacer otra cosa que quedarme en la cama. Luego la suerte cambió de pronto. Por la noche, a eso de las diez en punto, oí unos gritos en la calle. Me levanté y me asomé a la ventana. Era Boris que blandía muy sonriente su bastón. Antes de que pudiera decir nada, sacó una barra de pan que llevaba doblada en el bolsillo y me la lanzó.

—*Mon ami, mon cher ami*, ¡estamos salvados! ¿Sabes lo que ha pasado?

—¡No me digas que has encontrado trabajo!

—En el Hôtel X., cerca de la Place de la Concorde: quinientos francos al mes y la comida. He empezado hoy. ¡Dios mío, qué bien he comido!

¡Después de diez o doce horas de trabajo, y con la pierna coja, en lo primero que había pensado había sido en andar tres kilómetros hasta mi hotel para darme la buena noticia! Y lo que es más, me dijo que fuese a verlo al día siguiente a las Tullerías a la hora de la comida, por si podía sacar algo para mí. En el momento convenido, nos vimos en un banco público. Se desabotonó el chaleco y sacó un paquete envuelto en papel de periódico; dentro había ternera picada, una cuña de queso camembert, pan y un *éclair*, medio aplastados.

«*Voilà!* —exclamó Boris—, no he podido sacar más. El portero es un bicho duro de pelar.»

Es desagradable comer encima de un periódico en un banco público, sobre todo en las Tullerías, que por lo general están abarrotadas de chicas guapas, pero tenía demasiada hambre para que me importase. Mientras comía, Boris me explicó que estaba empleado en la *cafeterie* del hotel, lo que en inglés suele llamarse la despensa. Por lo visto, era el puesto más bajo en el hotel y un deshonor terrible para un camarero, pero tendría que aguantarse hasta que abriese el Auberge de Jehan Cottard. Entretanto, quedamos en vernos todos los días en las Tullerías, y en que él me llevara cuanta comida pudiese escamotear. Pasamos así tres días en los que viví solo de comida robada. Luego se acabaron todos nuestros problemas, pues uno de los *plongeurs* dejó el Hôtel X., y, gracias a la recomendación de Boris, me dieron a mí su empleo.

X

El Hôtel X. era un edificio enorme y majestuoso de fachada clásica con una entrada lateral como una ratonera que era la puerta de servicio. Llegué a las siete menos cuarto de la mañana. Un torrente de hombres con los pantalones grasientos entraban a toda prisa supervisados por el portero en su garita. Esperé, y enseguida el *chef du personnel*, una especie de ayudante del director, llegó y empezó a hacerme preguntas. Era italiano y tenía el rostro redondo y pálido, ojeroso por el exceso de trabajo. Me preguntó si tenía experiencia como friegaplatos, y respondí que sí; me miró las manos y comprendió que estaba mintiendo, pero al saber que era inglés cambió de tono y me contrató.

«Estábamos buscando a alguien con quien practicar nuestro inglés —afirmó—. Nuestros clientes son norteamericanos y lo único que sabemos decir en inglés es... —dijo una palabra que los niños pequeños escriben en las tapias de Londres—. Podría sernos usted de gran utilidad. Venga abajo.»

Me condujo por una sinuosa escalera hasta un pasillo estrecho en el sótano, de techo tan bajo que tuve que agacharme varias veces. Hacía un calor sofocante y estaba muy oscuro, solo había unas cuantas bombillas separadas varias yardas unas de otras. Daba la impresión de que había millas y millas de pasillos oscuros y laberínticos, aunque supongo que no serían más que unas yardas, y me recordaron extrañamente a las cubiertas inferiores de un transatlántico; hacía el mismo calor, el espacio era igual de reducido y se notaba un tibio olor a comida y una especie de zumbido (de los hornos de la cocina) idéntico al de las máquinas. Pasamos por delante de varias puertas de las que salían palabrotas, el rojo resplandor de los fogones y en una ocasión el aire gélido de una cámara de hielo. Por el camino algo me golpeó con violencia en la espalda. Era un bloque de hielo de cien libras de peso, cargado por un mozo con un delantal azul. Detrás iba un chico con una enorme pieza de ternera al hombro y la mejilla apretada contra la carne húmeda y esponjosa. Me empujaron a un lado al grito de «Range-toi, idiot!» y siguieron apresurados su camino. En la pared, debajo de una de las luces, alguien había escrito con pulcra caligrafía: «Antes encontrarás un cielo sin nubes en invierno que una virgen en el Hôtel X.». Me pareció un sitio extraño.

Uno de los pasadizos se bifurcó hasta la lavandería donde una anciana con cara de muerta me dio un delantal azul y una pila de trapos de cocina. Luego, el *chef du personnel* me acompañó a una minúscula madriguera subterránea —una especie de sótano debajo del sótano— donde había un fregadero y varios hornos de gas. Era de techo muy bajo y no se podía estar de pie, y la temperatura debía de rondar los 43 grados. El *chef du personnel* me explicó que mi trabajo consistía en llevar la comida a los otros empleados del hotel, que almorzaban en un pequeño comedor que había más arriba, limpiar el comedor y lavar los platos. Cuando se marchó, un camarero, otro italiano, asomó la cabeza rizada y me miró con desprecio.

—Inglés, ¿eh? —me espetó—. Bueno, aquí mando yo. Si trabajas bien… —Hizo ademán de alzar una botella y tragar ruidosamente—. Si no… —Pateó con fuerza el quicio de la puerta—. Tardaré menos en retorcerte el cuello que en escupir en el suelo. Y, si pasa algo, me creerán a mí y no a ti. ¡Así que ya puedes ir con cuidado!

Después me puse a trabajar a toda prisa. Excepto por un descanso de una hora, estuve trabajando desde las siete de la mañana hasta las nueve y cuarto de la noche; primero lavando platos, luego limpiando las mesas y barriendo el suelo del comedor de los empleados, después sacándoles brillo a los vasos y a los cuchillos, por fin llevando la comida, lavando más platos y volviendo a llevar comida y a lavar platos. Era fácil y se me dio bien excepto cuando fui a la cocina a por la comida. Nunca había visto o imaginado nada semejante a esa cocina: era un infierno sofocante de techo bajo en el sótano, iluminado de rojo por los fogones y ensordecedor por las palabrotas y el entrechocar de las ollas y las sartenes. Hacía tanto calor que los objetos de metal había que cubrirlos con trapos. En el centro estaban los hornos, donde doce cocineros iban y venían con el rostro goteante de sudor a pesar de sus gorros blancos. Alrededor había unas mesas largas donde un tropel de camareros y *plongeurs* hacían ruido al dejar las bandejas. Los pinches, desnudos de cintura para arriba, avivaban el fuego y fregaban con arena enormes bandejas de cobre. Todo el mundo parecía enfadado y azacaneado. El cocinero jefe, un hombre rubicundo con un bigote enorme, se plantaba en el centro, gritaba sin cesar, «Ça marche, deux oeufs brouillés! Ça marche, un Chateaubriand pommes sautées!», y solo se interrumpía para insultar a algún *plongeur*. Había tres mesas, y la primera vez que entré en la cocina llevé sin saberlo mi bandeja a la mesa equivocada. El cocinero jefe se acercó, se retorció el bigote y me miró de arriba abajo. Luego le hizo un gesto al cocinero de los desayunos y me señaló con el dedo.

—¿Has visto eso? Así son los *plongeurs* que nos mandan ahora. ¿De dónde eres, idiota? De Charenton, ¿no? (En Charenton hay un enorme manicomio.)

—De Inglaterra —respondí.

—Debería haberlo imaginado. *Bueno, mon cher monsieur l'Anglais*, ¿puedo informarle de que es usted un hijo de puta? Y ahora *fous-moi le camp* a la otra mesa que es donde tienes que estar.

Cada vez que fui a la cocina me recibieron de forma parecida porque siempre cometí algún error; como se suponía que debía conocer el trabajo todos me insultaban. Por curiosidad, conté el número de veces que me llamaron *maquereau* ese día, y fueron treinta y nueve.

A las cuatro y media, el italiano me dijo que podía dejar de trabajar, pero que no valía la pena salir porque volveríamos a empezar a las cinco. Fui a los lavabos a fumar; estaba terminantemente prohibido y Boris me había advertido que el único sitio seguro eran los lavabos. Después volví a trabajar hasta las nueve y cuarto, cuando el camarero asomó la cabeza por la puerta y me dijo que dejara los platos que quedaban. Para mi sorpresa, después de llamarme cerdo, besugo, etc., todo el día, de pronto se había vuelto muy amable. Comprendí que los insultos habían sido solo para ponerme a prueba.

«Ya basta, *mon p'tit* —dijo el camarero—. Tu *n'es pas débrouillard*, pero eres trabajador. Sube a cenar. El hotel nos da dos litros de vino por persona y he robado otra botella. Tendremos bebida en abundancia.»

Cenamos de maravilla con las sobras de los otros empleados. El camarero se había vuelto más amable y me habló de sus amoríos, de dos hombres a los que había apuñalado en Italia y de cómo se había librado del servicio militar. Cuando llegabas a conocerlo no era mal tipo; no sé por qué, pero me recordaba a Benvenuto Cellini. Yo estaba cansado y empapado de sudor, pero después de comer un día como es debido me sentí un hombre nuevo. El trabajo no parecía difícil, y mi impresión era que podría adaptarme bien. No obstante, no estaba seguro de continuar, pues me habían contratado solo por un día, como eventual, con un sueldo de veinticinco francos. El portero de rostro avinagrado contó el dinero, menos cincuenta céntimos que dijo que eran para el seguro (una mentira, según descubrí después). Luego salió al pasillo, me pidió que me quitara el abrigo y me registró con cuidado por si había robado comida.

Después, el chef *du personnel* bajó a hablar conmigo. Al igual que el camarero, se había vuelto más amable al ver que estaba dispuesto a trabajar.

«Si quiere un trabajo permanente, se lo daremos —dijo—. El camarero dice que le gustaría insultar a un inglés. ¿Está dispuesto a firmar un contrato por un mes?»

Por fin tenía ante mí un empleo, y estaba dispuesto a aprovecharlo. Entonces me acordé del restaurante ruso que iba a abrir al cabo de quince días. No me pareció justo comprometerme por un mes y luego marcharme a la mitad. Le dije que tenía otro trabajo en perspectiva, ¿no podrían contratarme por quince días? Tras escucharme, el *chef du personnel* se encogió de hombros y respondió que el hotel contrataba solo por meses. Era evidente que había desperdiciado mi oportunidad de tener un empleo.

Boris, tal como habíamos convenido, me esperaba en la Arcade de la rue de Rivoli. Cuando le conté lo sucedido se puso furioso. Por primera vez desde que lo conocí, olvidó sus modales y me llamó imbécil.

—¡Idiota! ¡Pedazo de idiota! ¿Para eso te busco un trabajo? ¿Para que lo eches a perder justo después? ¿Cómo has podido ser tan estúpido de decirles lo del otro restaurante? Lo único que tenías que hacer era comprometerte a trabajar por un mes.

—Me pareció más honrado advertirles de que tal vez tendría que marcharme —objeté.

—¡Honrado, honrado! ¿Cuándo se ha visto un *plongeur* honrado? *Mon ami* —de repente me cogió por la solapa y me habló en tono muy serio—, *mon ami*, has trabajado un día entero. Ya has visto lo que es trabajar en un hotel. ¿Crees que un *plongeur* puede permitirse tener sentido del honor?

—No, tal vez no.

—Pues vuelve ahora mismo y dile al *chef du personnel* que estás dispuesto a trabajar un mes. Dile que rechazarás el otro empleo. Luego, cuando abra el restaurante, nos largamos y ya está.

—¿Y qué hay de mi salario si incumplo el contrato?

Boris golpeó la acera con el bastón y exclamó al oír tamaña estupidez.

—Pídeles que te paguen por días, así no perderás un sou. ¿Crees que van a demandar a un *plongeur* por incumplimiento de contrato? Un *plongeur* es demasiado poca cosa para que nadie le demande.

Volví corriendo, fui a ver al *chef du personnel*, le dije que estaba dispuesto a trabajar todo el mes y me contrató. Fue mi primera lección en la moralidad del *plongeur*. Luego comprobé lo idiota que había sido al tener tantos escrúpulos, pues los grandes hoteles son implacables con sus empleados. Los contratan y despiden según las exigencias del negocio, y todos echan a la calle a un diez por ciento o más del personal cuando termina la temporada. Tampoco tienen dificultad en reemplazar a alguien que se marcha sin previo aviso, pues París está lleno de empleados de hotel sin trabajo.

XI

Al final no incumplí mi contrato, pues pasaron seis semanas antes de que abriera el Auberge de Jehan Cottard. Mientras tanto trabajé en el Hôtel X., cuatro días por semana en la *cafeterie*, un día ayudando al camarero del cuarto piso, y otro sustituyendo a la mujer que fregaba los platos del comedor. Por suerte, mi día libre era el domingo, aunque a veces alguien se ponía enfermo y tenía que trabajar también ese día. El horario era de las siete de la mañana hasta las dos de la tarde, y de las cinco de la tarde hasta las nueve: once horas, aunque los días que lavaba los platos del comedor eran catorce. Era un horario extraordinariamente reducido para el *plongeur* parisino medio. El único inconveniente era el terrible calor y la mala ventilación de aquellos sótanos laberínticos. Aparte de eso, el hotel, que era grande y estaba bien organizado, se consideraba bastante cómodo.

Nuestra *cafeterie* era un sótano oscuro que medía unos veinte por siete pies por ocho de altura, y estaba tan abarrotado de cafeteras, cortadoras de pan y otros artilugios parecidos que era casi imposible moverse sin golpearse con algo. Estaba iluminado por una triste bombilla y cuatro o cinco fogones de gas que emitían un intenso halo rojizo. Había un termómetro y la temperatura nunca bajaba de los cuarenta y tres grados y en ciertos momentos del día rozaba los cincuenta y cuatro. En un extremo había cinco montacargas de servicio, y en el otro una cámara frigorífica donde guardábamos la leche y la mantequilla. Cuando entrabas en la cámara la temperatura bajaba de golpe cuarenta grados; me recordaba el himno de las heladas montañas de Groenlandia y los arrecifes de coral de la India. Aparte de Boris y de mí, en la *cafeterie* trabajaban otros dos hombres. Uno era Mario, un italiano enorme y nervioso —una especie de policía municipal aficionado a la ópera— y el otro un animal velludo y obtuso a quien llamábamos el magiar; creo que era de Transilvania, o de algún lugar aún más remoto. Todos, menos el magiar, éramos corpulentos, y en las horas de más ajetreo nos pasábamos el rato chocando unos con otros.

El trabajo en la *cafeterie* era espasmódico. Siempre había algo que hacer, pero el verdadero frenesí se producía en rachas de dos horas a las que llamábamos *un coup de feu*. El primer *coup de feu* empezaba a las ocho, cuando los huéspedes se despertaban y pedían el desayuno. A las ocho retumbaban de pronto gritos y golpes en el sótano; sonaban campanillas por todas partes, hombres con delantales azules corrían por los pasillos, los montacargas de servicio bajaban todos a la vez con estrépito, y los camareros de los cinco pisos empezaban a gritar juramentos por los huecos de los montacargas. No recuerdo todas nuestras funciones, pero entre ellas estaban preparar té, café y chocolate, ir a buscar comida a la cocina, vino a la bodega y fruta y demás al comedor, cortar pan, preparar tostadas, cortar porciones de mantequilla, calcular la cantidad de mermelada, abrir botes de leche, contar terrones de azúcar, hervir huevos, cocer las gachas, picar hielo y moler café para unos cien o doscientos huéspedes. La cocina estaba a unas treinta yardas, y el comedor a unas sesenta o setenta. Todo lo que metíamos en los montacargas tenía que ir acompañado de un resguardo, que se archivaba cuidosamente, y si se perdía un solo terrón de azúcar tenías que dar explicaciones. Además, había que preparar café y tostadas para el personal y llevarles la comida a los camareros. En general era un trabajo difícil.

Calculé que recorríamos unas quince millas al día y, pese a todo, la tensión era más mental que física. Sobre el papel, aquel estúpido trabajo de marmitón no podía ser más fácil, pero resulta sorprendentemente difícil cuando hay que hacerlo con prisas. Tienes que pasar de una ocupación a otra: es como ordenar una baraja contrarreloj. Por ejemplo, estás preparando tostadas, cuando, ¡bum!, baja un montacargas con una comanda de té, bollos y tres tipos de mermelada, y al mismo tiempo, ¡bum!, baja otro con una de huevos revueltos, café y zumo de pomelo; vas corriendo como una exhalación a la cocina a buscar los huevos y al comedor a buscar la fruta y regresas antes de que se quemen las tostadas, sin olvidarte del té y el café, además tienes media docena de comandas pendientes, y al mismo tiempo un camarero te pregunta por una botella de agua con gas que se ha extraviado y tienes que discutir con él. Hay que ser más listo de lo que parece. Mario decía, y sin duda tenía razón, que hacía falta un año para formar a un *cafetier* fiable.

Entre las ocho y las diez y media era una especie de delirio. A veces actuábamos como si solo nos quedasen cinco minutos de vida; otras, disfrutábamos de un momento de calma en el que dejaban de llegar comandas y todo parecía tranquilo. Entonces aprovechábamos para barrer el suelo, echar serrín limpio y beber un vaso de vino, agua o café: cualquier cosa con tal de que fuese líquida. A menudo cortábamos un trozo de hielo y lo chupábamos mientras trabajábamos. El calor que despedían los fogones era nauseabundo; tragábamos litros de bebida al día y, al cabo de unas horas, hasta los delantales acababan empapados de sudor. En ocasiones se nos acumulaba el trabajo y, de no haber sido por Mario, algún cliente se habría quedado sin desayunar. Llevaba catorce años trabajando en la *cafetería* y tenía la habilidad de no desperdiciar ni un segundo. El magiar era casi retrasado, yo no tenía experiencia y Boris tendía a escaquearse, en parte por su pierna coja y en parte porque le avergonzaba trabajar en la *cafetería* después de haber sido camarero; pero Mario era una maravilla. El modo en que alargaba sus fuertes brazos para llenar una cafetera con una mano y hervir un huevo con la otra, al tiempo que vigilaba una tostada y daba instrucciones a gritos al magiar y cantaba un fragmento de *Rigoletto*, era pasmoso. El *patron* sabía de su valía y le pagaba mil francos al mes, en lugar de quinientos como a nosotros.

El pandemonio del desayuno cesaba a las diez y media. Luego limpiábamos las mesas de la *cafeterie*, barríamos el suelo y sacábamos brillo a los cubiertos, y, las mañanas más tranquilas, íbamos por turnos a los lavabos a fumar un cigarrillo. Era nuestro tiempo libre, y solo relativamente, porque apenas disponíamos de diez minutos para comer y nunca podíamos disfrutarlos sin que nos interrumpieran. La hora del almuerzo de los huéspedes, entre las doce y las dos, era tan ajetreada como la del desayuno. Nuestra labor consistía sobre todo en ir a la cocina a por comida, lo que significaba constantes *engueulades* de los cocineros. A esas horas llevaban ya cuatro o cinco horas sudando delante de los hornos y su humor estaba encendido.

A las dos nos convertíamos de pronto en hombres libres. Nos quitábamos los delantales, nos poníamos el abrigo, corríamos fuera y, si teníamos dinero, entrábamos en el *bistro* más cercano. Era raro salir a la calle desde aquellos sótanos iluminados por el fuego. El aire parecía cegadoramente limpio y frío, como un verano ártico; ¡y qué agradable resultaba el olor a gasolina, después del hedor a comida y sudor! A veces nos encontrábamos con los cocineros y los camareros en los *bistros*, y se mostraban amables y nos invitaban a alguna copa. Dentro éramos sus esclavos, pero la etiqueta de la vida en el hotel dicta que, en el tiempo libre, todos son iguales y las *engueulades* no cuentan.

A las cinco menos cuarto regresábamos al hotel. Hasta las seis y media no había comandas, y pasábamos el rato sacando brillo a la cubertería, limpiando las cafeteras y otras cosas por el estilo. Luego empezaba el momento de más trajín del día: la cena. Ojalá pudiese ser un Zola por un instante para describir la hora de la cena. La esencia de la situación consistía en que cien o doscientas personas pedían comidas distintas de cinco o seis platos, y que cincuenta o sesenta personas teníamos que cocinarlas, servirlas y recoger y limpiar; cualquiera que tenga experiencia en hostelería sabe lo que eso significa. Además, en el momento en que se doblaba el trabajo, el personal estaba exhausto y una parte de él borracho. Podría escribir páginas sin transmitir una idea fiel de lo que digo. Las idas y venidas por los pasillos estrechos, los choques, los gritos, las cestas, las bandejas, los bloques de hielo, el calor, la oscuridad y las disputas enquistadas que no había tiempo de resolver sobrepasan cualquier descripción. Cualquiera que bajase por primera vez al sótano, habría creído que se hallaba en la guarida de unos maníacos. Solo después, cuando entendí el funcionamiento del hotel, llegué a ver un orden en aquel caos.

A las ocho y media, el trabajo cesaba de pronto. No acabábamos hasta las nueve, pero nos tumbábamos en el suelo y nos quedábamos ahí descansando las piernas, demasiado cansados para ir a la cámara frigorífica a por algo de beber. A veces el *chef du personnel* llegaba con varios botellines de cerveza, pues el hotel invitaba a cerveza si el día había sido muy fatigoso. La comida que nos daban apenas era comestible, pero el *patron* no escatimaba la bebida: nos daba dos litros de vino al día, pues sabía que si a un *plongeur* no le das al menos dos litros robará tres. También apurábamos las botellas semivacías, así que a menudo bebíamos más de la cuenta; lo cual estaba bien, pues cuando estabas medio borracho trabajabas más deprisa.

Así pasaron cuatro días de la semana; de los otros dos días laborables uno fue mejor y otro peor. Después de una semana llevando esa vida noté que necesitaba un descanso. Era sábado por la noche, así que los parroquianos del *bistro* estaban emborrachándose a conciencia y, con un día libre por delante, no tardé en acompañarlos. Nos acostamos todos borrachos a las dos de la madrugada con intención de dormir hasta el mediodía. A las cinco y media me despertaron de pronto. Al lado de la cama había un vigilante nocturno enviado por el hotel. Apartó las sábanas y me dio una brusca sacudida.

—¡Levanta! —ordenó—. *Tu t'est bien saoulé la gueule, pas vrai?* Bueno, da igual, en el hotel hace falta una persona. Tienes que ir a trabajar.

—¿Por qué? —me quejé—. Es mi día libre.

—¡Nada de día libre! Hay trabajo que hacer. ¡Levanta!

Me levanté y salí, con la sensación de que me habían roto la espalda y llenado el cráneo de brasas encendidas. No pensé que pudiera trabajar. Y, no obstante, al cabo de una hora en el sótano, descubrí que me encontraba estupendamente. Por lo visto, con el calor de aquellos sótanos, como en un baño turco, se puede sudar casi cualquier cantidad de bebida. Los *plongeurs* lo saben y cuentan con ello. Poder tragar litros de vino y sudarlos antes de que puedan hacerles mucho daño, es una de las compensaciones de su vida.

XII

Con gran diferencia, mis mejores momentos en el hotel llegaban cuando iba a ayudar al camarero del cuarto piso. Trabajábamos en una pequeña despensa que se comunicaba con la *cafeterie* mediante los montacargas de servicio. Era deliciosamente fresca después de los sótanos, y mi labor consistía sobre todo en sacar brillo a los cubiertos y la cristalería, que es un trabajo tolerable. Valenti, el camarero, era un tipo decente, y me trataba casi de igual a igual cuando estábamos a solas, aunque si había presente alguien más tenía que tratarme con rudeza, pues a un camarero no le conviene mostrarse amistoso con los *plongeurs*. A veces me daba una propina de cinco francos cuando había tenido un buen día. Era un joven apuesto, de unos veinticuatro años, aunque aparentaba dieciocho, y, como casi todos los camareros, sabía comportarse y vestir bien. Con su frac negro y su corbata blanca, la cara limpia y el cabello castaño y brillante parecía un joven etoniano; sin embargo, se ganaba la vida desde los doce años y había ascendido, literalmente, desde el arroyo. Entre sus vivencias se contaba haber cruzado la frontera sin pasaporte, haber vendido castañas en una carretilla en los bulevares del norte, haber pasado cincuenta días en la cárcel en Londres por trabajar sin permiso y haber sido seducido en un hotel por una anciana rica, que le había regalado un anillo de diamantes y luego le había acusado de robarlo. Me gustaba charlar con él, en los momentos de asueto, cuando nos sentábamos a fumar y echábamos el humo por el hueco del montacargas.

Mi peor día era cuando fregaba para el comedor. No tenía que lavar los platos, porque eso se hacía en la cocina, sino tan solo el resto de la vajilla, la plata, los cuchillos y las copas, pero aun así, eran trece horas de trabajo en las que utilizaba entre treinta y cuarenta trapos. Los anticuados métodos que utilizan en Francia duplican el trabajo. No conocen los escurreplatos y no hay jabón en polvo, solo un jabón gelatinoso que apenas hace espuma con el agua calcárea de París. Trabajaba en una madriguera sucia y abarrotada de gente, una mezcla de despensa y fregadero directamente comunicada con el comedor. Además de fregar, tenía que llevar a la mesa la comida de los camareros y servirla; la mayoría eran muy insolentes y más de una vez tuve que recurrir a los puños para que se mostrasen mínimamente educados. La persona que fregaba habitualmente era una mujer, a la que le hacían la vida imposible.

Era divertido contemplar aquel sucio y minúsculo fregadero y pensar que solo nos separaba una puerta doble del comedor. Ahí estaban los clientes en todo su esplendor: manteles inmaculados, jarrones llenos de flores, espejos y cornisas doradas y querubines pintados; y, a unos pies de distancia, estábamos nosotros en medio de nuestra repugnante porquería. Porque era en verdad repugnante. No teníamos tiempo de barrer hasta la noche, y resbalábamos en una mezcla de agua jabonosa, hojas de lechuga, papeles rotos y comida pisoteada. Una decena de camareros, en mangas de camisa y con las axilas sudadas, se sentaban a la mesa aliñando ensaladas y metiendo los dedos en los botes de nata. El fregadero despedía un hediondo olor mezcla de comida y sudor. En todas partes, en los armarios, detrás de la vajilla, había exiguas reservas de comida que los camareros habían robado. Solo había dos pilas y ningún lavabo, y no era raro que los camareros se lavasen la cara con el agua de aclarar los platos. Pero los clientes no lo veían. Había una esterilla y un espejo en la puerta del comedor, y los camareros se atildaban para salir convertidos en la viva imagen de la pulcritud.

Resulta muy instructivo ver a un camarero cruzar la puerta del comedor de un hotel. Nada más pasar sufre un cambio repentino. Se altera la postura de sus hombros; la suciedad, la prisa y la irritación desaparecen al instante. Se desliza sobre la alfombra tan solemne como un cura. Recuerdo haber visto a nuestro *maître d'hôtel* ayudante, un italiano muy fogoso, detenerse ante la puerta para reprender a un aprendiz que había roto una botella de vino. Blandió el puño sobre su cabeza y le gritó (por suerte, la puerta estaba más o menos insonorizada): «*Tu me fais chier*. ¿Y tú te llamas camarero, pedazo de cabrón? ¡Tú, un camarero! No sirves ni para fregar el suelo del burdel donde trabajaba tu madre. *Maquereau!*».

No le bastaban las palabras, así que se volvió hacia la puerta y antes de abrirla soltó un pedo ruidoso, uno de los insultos favoritos de los italianos.

Luego salió al comedor y flotó por él plato en mano con la elegancia de un cisne. Diez segundos más tarde estaba inclinándose con reverencia ante un cliente. Y, al verlo inclinarse con la sonrisa benévola del camarero bien entrenado, era inevitable pensar en lo avergonzado que debía de sentirse aquel cliente al ver que le servía semejante aristócrata.

Fregar era en suma un trabajo odioso, no muy cansado, pero tan aburrido y estúpido que apenas puede describirse con palabras. Es horrible pensar que hay gente que pasa décadas dedicado a una ocupación así. La mujer a quien yo sustituía tenía unos sesenta años y se plantaba ante el fregadero todo el año trece horas al día, seis días por semana. Y, por si fuese poco, los camareros no hacían más que amargarle la existencia. Me contó que había sido actriz, supongo que en realidad debía de haber sido prostituta; pues la mayoría acaban como señoras de la limpieza. Lo raro era que, a pesar de esa vida y de su edad, seguía llevando una peluca rubia y maquillándose los ojos y la cara como si tuviera veinte años. Al parecer, incluso una jornada laboral de setenta y dos horas a la semana puede dejarte cierta vitalidad.

XIII

En mi tercer día en el hotel el *chef du personnel*, que siempre me había hablado con bastante amabilidad, me llamó y me espetó en tono desabrido: «¡Eh, tú, aféitate cuanto antes ese bigote! *Nom de Dieu*, ¿cuándo se ha visto un *plongeur* con bigote? —Empecé a quejarme, pero me cortó en seco—. Un *plongeur* con bigote... ¡qué absurdo! Que no te vea mañana con él».

De camino a casa le pregunté a Boris a qué venía aquello, y este se encogió de hombros.

«Tendrás que hacer lo que te ha dicho, *mon ami*. En el hotel solo los cocineros llevan bigote. Pensaba que te habías dado cuenta. ¿La razón? No la hay. Es la costumbre.»

Comprendí que era una cuestión de etiqueta, como no llevar corbata blanca con el esmoquin, y me afeité el bigote. Luego descubrí la explicación de la costumbre: los camareros de los hoteles buenos no llevan bigote, y para dejar clara su superioridad decretan que los *plongeurs* tampoco los lleven; y los cocineros se dejan bigote para mostrar el desprecio que les inspiran los camareros.

Esto da una idea del complejo sistema de castas existente en un hotel. El prestigio del personal, que en nuestro hotel estaba integrado por ciento diez personas, estaba regulado con tanta precisión como en el ejército, y un cocinero o un camarero se hallaban tan por encima de un *plongeur* como un capitán por encima de un soldado raso. En lo alto de todo estaba el director, que podía despedir a cualquiera, hasta a los cocineros. Nunca vimos al *patron* y lo único que sabíamos era que sus comidas había que prepararlas con más cuidado que las de los clientes; toda la disciplina del hotel dependía del director. Era un hombre meticuloso, y siempre atento al menor descuido, pero nosotros éramos más listos. En el hotel había un sistema de campanillas de servicio, y el personal lo utilizaba para comunicarse. Un timbre largo y uno corto, seguido de dos más largos, significaba que llegaba el director y, cuando lo oíamos, todos procurábamos parecer muy atareados.

Por debajo del director estaba el *maître d'hôtel*. No servía las mesas, a no ser que fuese la de un lord o alguien parecido, y su función era controlar a los demás camareros y ayudar con el suministro de comida. Solo con las propinas y los extras de las bodegas de champán (le daban dos francos por cada corcho que les devolvía) ganaba doscientos francos diarios. Ocupaba una posición aparte del resto del personal, y comía en una sala privada, con cubiertos de plata y dos aprendices con chaqueta blanca que se encargaban de servirle. Un poco por debajo, estaba el cocinero jefe, que ganaba unos cinco mil al mes; comía en la cocina, pero en una mesa separada, atendido por un aprendiz de cocinero. Luego iba el *chef du personnel*, ganaba solo mil quinientos al mes, pero llevaba levita negra, no hacía ningún trabajo manual y podía despedir a los *plongeurs* y multar a los camareros. Luego estaban los demás cocineros, que ganaban entre tres mil y setecientos cincuenta francos al mes; después, los camareros que ganaban unos setenta y cinco francos al día en propinas, aparte de una pequeña tasa; a continuación, las lavanderas y las zurcidoras; después los aprendices de camarero, que no cobraban propinas, sino un salario de setecientos cincuenta francos al mes; luego los *plongeurs*, que también ganaban setecientos cincuenta al mes; las camareras, que ganaban quinientos o seiscientos al mes; y por último los *cafetiers*, que gana-

77

ban quinientos. Los que trabajábamos en la *cafeterie* éramos la escoria del hotel, despreciados y *tutoied* por todos.

Había más, los empleados de oficina, llamados por lo general mensajeros, el encargado del almacén, el bodeguero, varios mozos y botones, el repartidor del hielo, los panaderos, el vigilante nocturno, el portero. Cada empleo lo desempeñaba una raza distinta. Los empleados de las oficinas, los cocineros y las zurcidoras eran franceses; los camareros, italianos y alemanes (apenas hay camareros franceses en París); los *plongeurs*, de cualquier país de Europa, amén de negros y árabes. El francés era la lingua franca, e incluso los italianos lo hablaban unos con otros.

Cada departamento tenía sus propios incentivos. En todos los hoteles parisinos es costumbre vender los restos de pan a los panaderos por ocho sous la libra y las mondaduras de la cocina a los porqueros por una nadería, y repartir los beneficios entre los *plongeurs*. También se sisaba mucho. Todos los camareros robaban comida —de hecho, rara vez vi a algún camarero que se molestase en comer la que le proporcionaba el hotel—, los cocineros también, y a mayor escala, y nosotros, en la *cafeterie*, bebíamos té y café sin permiso. El bodeguero robaba brandy. Una norma del hotel dictaba que los camareros no podían guardar licores, sino que tenían que ir a pedírselos al bodeguero si algún cliente los pedía. Cuando el bodeguero servía la bebida, apartaba una cucharada de cada vaso y de ese modo amasaba enormes cantidades. Si pensaba que eras de fiar, te vendía el brandy robado a cinco sous el trago.

Entre el personal había muchos ladrones y, si dejabas dinero en los bolsillos del abrigo, casi siempre desaparecía. El portero, que pagaba nuestro salario y nos registraba en busca de comida robada, era el mayor ladrón del hotel. Se las ingenió para estafarme ciento catorce francos de mis quinientos al mes en seis semanas. Yo había pedido cobrar a diario, así que aquel individuo me pagaba dieciséis francos cada noche, pero me escatimaba la paga de los domingos (a la que por supuesto yo tenía derecho) y así se embolsó sesenta y cuatro francos. Además, yo ignoraba que, si trabajabas los domingos, tenías derecho a cobrar veinticinco francos extra. Tampoco me los pagó nunca y sacó otros setenta y cinco. Hasta la última semana no reparé en que me estaba engañando y, como no podía demostrar nada, me devolvió solo veinticinco francos. El portero timaba del mismo modo a cualquier empleado lo bastante tonto para dejarse embaucar. Decía que era griego, pero en realidad era armenio. Después de conocerlo, entendí el proverbio que dice: «Fíate de una serpiente antes que de un judío y de un judío antes que de un griego, pero nunca te fíes de un armenio».

Entre los camareros había personajes muy peculiares. Uno era un caballero, un joven que había ido a la universidad y había tenido un trabajo bien pagado en una oficina comercial. Había contraído una enfermedad venérea, perdido el empleo, ido de aquí para allá, y ahora se consideraba afortunado de ser camarero. Muchos de los camareros habían llegado a Francia sin pasaporte, y uno o dos eran espías; muchos se dedican a esa profesión. Un día se produjo una temible discusión en el comedor de los camareros entre Morandi, un individuo de aspecto peligroso y estrábico, y otro italiano. Resultó que Morandi le había robado al otro su amante. El hombre, débil y claramente atemorizado por Morandi, lo amenazaba vagamente.

Morandi se burló:

—¿Y qué vas a hacer? Me he acostado con tu novia tres veces. Ha estado bien. ¿Qué piensas hacer?

—Denunciarte a la policía secreta. Eres un espía italiano.

Morandi no lo negó. Sacó una navaja del bolsillo y la blandió en el aire como si le hiciese un chirlo en la mejilla. El otro camarero se retractó.

El tipo más extraño que vi jamás en el hotel era un «eventual». Lo habían contratado por veinticinco francos al día para sustituir al magiar, que estaba enfermo. Era un serbio, un tipo recio y ágil de unos veinticinco años, que hablaba seis idiomas, entre ellos el inglés. Parecía muy familiarizado con el trabajo en el hotel y hasta mediodía estuvo trabajando como un esclavo. Luego, en cuanto dieron las doce, se volvió reservado, empezó a escaquearse, robó vino y acabó haraganeando de aquí para allá con una pipa en la boca. Por supuesto, fumar estaba prohibido con severas penas. El director en persona se enteró y bajó furioso a hablar con el serbio.

—¿Qué demonios haces fumando aquí? —gritó.

—¿Y tú qué demonios haces poniendo esa cara? —respondió tan tranquilo el serbio.

No sabría explicar la blasfemia que suponía esa observación. El cocinero jefe, si un *plongeur* le hubiese hablado de ese modo, le habría echado una cazuela de sopa hirviendo a la cara. El director respondió en el acto: «¡Estás despedido!» y, a las dos en punto, pagaron al serbio sus veinticinco francos y lo echaron a la calle. Antes de que se fuese, Boris le preguntó en ruso por qué había hecho eso. El serbio respondió: «Mira, *mon vieux*, si trabajo hasta mediodía tienen que pagarme el salario de un día, ¿no? Es la ley. ¿Y qué sentido tiene seguir trabajando si puedo cobrar ya? Así que voy a un hotel y pido un trabajo eventual, trabajo de firme hasta mediodía y, nada más dar las doce, empiezo a organizar un escándalo hasta que no tienen más remedio que echarme. Ingenioso, ¿eh? La mayoría de los días me echan a las doce y media; hoy ha sido a las dos, pero no me importa, me he ahorrado cuatro horas de trabajo. Lo único malo es que no puedo hacerlo dos veces en el mismo hotel».

Por lo visto, había recurrido a la misma jugarreta en la mitad de los hoteles y restaurantes de París. Es probable que resulte más fácil en verano, pero los hoteles hacen lo que pueden para protegerse por medio de listas negras.

XIV

A los pocos días había entendido los principios por los que se regía el hotel. Lo que más habría sorprendido a cualquiera que entrase por primera vez en la zona de servicio era el ruido y el desorden terribles que se producían en las horas de más trabajo. Es tan distinto de la tarea continuada en una tienda o una fábrica que, a primera vista, parece fruto de una mala organización. Pero, en realidad, es inevitable por el siguiente motivo: el trabajo en un hotel no es especialmente cansado, pero por su naturaleza se presenta a rachas y no se puede adelantar. Es imposible, por ejemplo, freír un bistec dos horas antes de que lo pidan; no hay más remedio que esperar hasta el último momento, cuando se acumula todo el trabajo, y hacerlo todo a la vez con una precipitación frenética. El resultado es que, a la hora de las comidas, todo el mundo hace la tarea de dos personas, lo cual es imposible sin ruido y discusiones. De hecho, las peleas son una parte necesaria del proceso, pues sería imposible mantener el ritmo si todo el mundo no se dedicara a acusar a los demás de no hacer nada. Por ese motivo a esas horas todo el personal se sulfuraba y maldecía como demonios. En esos momentos apenas se oía otro verbo en el hotel que *foutre*. Una chica de la panadería, que tenía solo dieciséis años, utilizaba tales juramentos que habría avergonzado a un cochero. (¿No dice Hamlet «maldecir como un marmitón»? No hay duda de que Shakespeare los había visto trabajar.) Pero no era que perdiésemos la cabeza y desaprovecháramos el tiempo; nos limitábamos a animarnos unos a otros para hacer el esfuerzo de comprimir cuatro horas de trabajo en dos.

Lo que permite que un hotel siga funcionando es el hecho de que los empleados se enorgullecen sinceramente de su trabajo, por estúpido y torpe que sea. Si alguien se escaquea, los demás lo descubren enseguida y conspiran contra él para que lo despidan. Los cocineros, los camareros y los *plongeurs* se distinguen por su aspecto, pero coinciden en que están orgullosos de su eficacia.

Sin duda, los más parecidos a los obreros y los menos serviles son los cocineros. No ganan tanto como los camareros, pero su prestigio es mayor y su empleo más seguro. Un cocinero no se tiene a sí mismo por un sirviente, sino por un operario especializado; por lo general, se le considera *un ouvrier*, cosa que nunca son los camareros. Es consciente de su poder: sabe que de él depende que el restaurante sea bueno o no y que, si se retrasa cinco minutos, todo se altera. Desprecia al personal que no trabaja en la cocina, y se cree obligado a insultar a todo el mundo por debajo del camarero jefe. Además, siente un verdadero orgullo artístico por su trabajo, que requiere gran habilidad. Cocinar no es tan difícil, pero sí tenerlo todo listo a tiempo. Entre el desayuno y la comida, el cocinero jefe del Hôtel X. recibía comandas para unos cien platos, y todos había que servirlos en momentos distintos; él solo cocinaba unos pocos, pero daba instrucciones y los inspeccionaba todos antes de enviarlos al comedor. Su memoria era prodigiosa. Los pedidos estaban clavados en un tablero, pero él apenas lo miraba; lo tenía todo en la cabeza exactamente al minuto, cada vez que había que servir un plato gritaba indefectiblemente: «Faites marcher une côtelette de veau» (o lo que fuese). Era un abusón insoportable, pero también un artista. El motivo de que se prefiera a los cocineros antes que a las cocineras se debe a su puntualidad y no a la superioridad técnica.

La actitud del camarero es muy diferente. A su manera, también él está orgulloso de su habilidad, aunque esta consiste sobre todo en mostrarse servil. Debido a su trabajo, tiene la mentalidad, no de un trabajador, sino de un esnob. Se pasa la vida viendo a gente rica, se planta al lado de su mesa, oye sus conversaciones, se adhiere a ellas con chistecitos y sonrisas. Disfruta gastando dinero mediante intermediarios. Es más, siempre cabe la posibilidad, de que él mismo llegue a ser rico algún día, pues, aunque muchos camareros mueren pobres, también tienen rachas de buena suerte. En algunos cafés del Gran Boulevard se puede ganar tanto dinero que los camareros pagan al *patron* para que los contrate. El resultado es que, a fuerza de ver tanto dinero, y de tener la esperanza de ganarlo, el camarero llega a identificarse con quienes lo contratan. Se esfuerza por servir la comida con clase, porque tiene la sensación de estar participando de la misma.

Recuerdo que Valenti me habló de un banquete que había servido una vez en Niza, que había costado doscientos mil francos y del que todavía se seguía hablando varios meses después.

—Fue espléndido, *mon p'tit, mais magnifique!* ¡Dios santo! Champán, plata, orquídeas… nunca he visto nada igual, y mira que he visto cosas. ¡Ah, fue excelente!

—Pero —respondí— tú solo servías las mesas, ¿no?

—Oh, claro. Pero, aun así, fue espléndido.

La moraleja es que no hay que compadecerse de los camareros. A veces, cuando estás en un restaurante y sigues comiendo media hora después del cierre, tienes la sensación de que el fatigado camarero que tienes al lado debe despreciarte. Pero no. Cuando te mira, no piensa: «Vaya un patán insaciable!», sino: «Un día, cuando haya ahorrado lo suficiente, podré hacer como este hombre». Está ayudando a satisfacer un placer que comprende y admira. Por eso los camareros casi nunca son socialistas, no tienen sindicatos y están dispuestos a trabajar doce horas al día; en muchos cafés trabajan quince horas diarias los siete días de la semana. Son esnobs, y no les disgusta la naturaleza servil de su empleo.

Por su parte, los *plongeurs* también son diferentes. Su trabajo no ofrece perspectivas, resulta agotador y no es interesante ni requiere ninguna habilidad; es el típico trabajo que se dejaría a las mujeres si fuesen lo bastante fuertes. Lo único que se le exige al *plongeur* es que esté siempre corriendo y que resista largas horas de trabajo en sitios mal ventilados. No hay forma de escapar de esa vida, pues es imposible ahorrar un penique del salario, y trabajar de sesenta a cien horas semanales no deja tiempo para formarse en ninguna otra cosa. A lo más que puede aspirar es a conseguir un trabajo un poco mejor, como vigilante nocturno o encargado de los lavabos.

No obstante, los *plongeurs*, por muy humillados que estén, también tienen su orgullo. Es el orgullo del esclavo, el del hombre capaz de trabajar todo lo que le exijan. En ese sentido la única virtud posible es ser capaz de seguir trabajando como un buey. Cualquier *plongeur* desea que digan de él que es *débrouillard*. Un *débrouillard* es alguien que, cuando se le pide que haga lo imposible, se las arregla para *se débrouiller*, es decir, para hacerlo de un modo u otro. Uno de los *plongeurs* de la cocina del Hôtel X., un alemán, era conocido por ser un *débrouillard*. Una noche llegó al hotel un lord inglés y los camareros se desesperaron porque pidió melocotones y en la despensa no había; era de noche y las tiendas estaban cerradas. «Dejádmelo a mí», dijo el alemán. Salió, y regresó a los diez minutos con cuatro melocotones. Había ido a un restaurante cercano y los había robado. Eso es lo que se entiende por *débrouillard*. El lord inglés pagó veinte francos por cada melocotón.

Mario, que estaba a cargo de la *cafeterie*, tenía la típica mentalidad de un esclavo. En lo único que pensaba era en hacer el *boulot*, y se jactaba de que para él nada era demasiado. Catorce años bajo tierra le habían dejado la misma pereza natural que al émbolo de un pistón. «Faut être un dur», decía cuando alguien se quejaba. A menudo se oye a los *plongeurs* pavonearse, «Je suis un dur», como si fuesen soldados y no señoras de la limpieza masculinas.

Como se ve, todo el mundo en el hotel tenía su sentido del honor y, cuando se acumulaba el trabajo, todos estábamos dispuestos a hacer un gran esfuerzo conjunto para salir del paso. La guerra constante que se libraba entre los distintos departamentos también contribuía a la eficacia, pues todo el mundo se aferraba a sus privilegios e intentaba que los demás no haraganeasen o sisaran.

Ese es el lado bueno. En un hotel, un personal poco preparado mantiene en funcionamiento una enorme y compleja maquinaria, porque todo el mundo tiene bien definidas sus funciones y las cumple de manera escrupulosa. No obstante, tiene el siguiente punto débil: que lo que hace el personal no es necesariamente lo mismo por lo que paga el cliente. El cliente paga, desde su punto de vista, por tener un buen servicio; al empleado se le paga, desde su punto de vista, por el *boulot*, es decir, por ofrecer una imitación de un buen servicio. El resultado es que, aunque los hoteles son milagros de puntualidad, son peores que la peor casa particular en las cosas más importantes.

Pensemos, por ejemplo, en la limpieza. La porquería en el Hôtel X., una vez que entraba uno en las zonas del servicio, era repugnante. En nuestra *cafeterie* había suciedad de varios años en los rincones, y la panera estaba infestada de cucarachas. Una vez le propuse a Mario matar a aquellos insectos. «¿Por qué matar a esos pobres animales?», respondió en tono de reproche. Los demás se reían cuando iba a lavarme las manos antes de tocar la mantequilla. Sin embargo, si la limpieza formaba parte del *boulot*, éramos limpios. Limpiábamos las mesas y sacábamos brillo a los objetos de latón, porque habíamos recibido instrucciones de hacerlo; pero no nos habían ordenado limpiar de verdad, y en cualquier caso tampoco teníamos tiempo. Nos limitábamos a cumplir con nuestra obligación; nuestra primera obligación era ser puntuales y para ahorrar tiempo teníamos que ser sucios.

En la cocina aún era peor. Decir que un cocinero francés escupe en la sopa (siempre que no sea para él) no es una figura retórica, sino la constatación de un hecho. Será un artista, pero su arte no incluye ser limpio. Hasta cierto punto, incluso es sucio porque es un artista, pues la comida, para ser apetitosa requiere que sea tratada de forma sucia. Cuando, por ejemplo, someten un filete a la inspección del cocinero jefe, no lo pincha con un tenedor. Lo coge con los dedos y le da la vuelta, pasa el pulgar por el plato y lo chupa para probar la salsa, vuelve a pasar el dedo, lo chupa y da un paso atrás para contemplar el trozo de carne como un artista cuando juzga un cuadro, luego lo coloca en su sitio con los dedos grasientos y sonrosados que ha chupado más de cien veces esa mañana. Cuando se da por satisfecho, coge un trapo, borra las huellas de dedos del plato y se lo da al camarero. El camarero, por supuesto, también mete los dedos en la salsa, unos dedos sucios y grasientos que no hace más que pasarse por el pelo engominado. Siempre que alguien paga más de, digamos, cien francos por un plato de carne en París, puede estar seguro de que lo han toqueteado como he dicho. En los restaurantes baratos es diferente; ahí no se tienen tantas contemplaciones con la comida: la sacan de la sartén con un tenedor y la ponen en un plato sin manosearla. Por decirlo con claridad: cuanto más pagues por un plato, más saliva y sudor te verás obligado a comer.

La suciedad es inherente a los hoteles y los restaurantes, porque la limpieza de la comida se sacrifica a la puntualidad y la elegancia. El empleado del hotel está demasiado ocupado preparando la comida para recordar que alguien se la tiene que comer. Para él una comida es solo *une commande*, igual que, para un médico, un hombre muriéndose de cáncer no es más que «un caso clínico». Pongamos, por ejemplo, que un cliente pide una tostada. Alguien, agobiado de trabajo en el sótano subterráneo, tiene que prepararla. ¿Cómo va a tener tiempo de parar a decirse: «Esta tostada es para comer, tiene que ser comestible»? Lo único que sabe es que tiene que tener buen aspecto y que debe estar preparada en tres minutos. Si se le caen unas gotas de sudor encima de la tostada, ¿qué más le da? Si después la tostada se cae sobre el serrín sucio del suelo, ¿por qué molestarse en preparar otra? Es más rápido sacudir el serrín. Al subir por las escaleras la tostada vuelve a caerse, y además por el lado de la mantequilla. Lo único que hace falta es volver a sacudirla. Y lo mismo ocurre con todo. La única comida del Hôtel X. que se preparaba con pulcritud era la del personal y la del *patron*. La máxima repetida por todos era: «Ten cuidado con el *patron* y de los clientes *s'en fout pas mal!*». En todas partes había porquería, una vena secreta de suciedad recorría, igual que los intestinos el cuerpo de un hombre, aquel hotel tan enorme y elegante.

Dejando aparte la suciedad, el *patron* estafaba a los clientes a lo grande. La mayoría de las materias primas eran de pésima calidad, aunque los cocineros sabían prepararlas con estilo. En el mejor de los casos, la carne era pasable y, en cuanto a las verduras, ninguna buena ama de casa se habría dignado mirarlas en el mercado. La nata, siguiendo órdenes, se diluía con agua. El café y el té eran malos y la mermelada era un mejunje sintético que se sacaba de unas enormes latas sin etiquetar. Según Boris, los vinos más baratos eran *vin ordinaire* embotellado. La norma era que los empleados tenían que pagar todo lo que echasen a perder y, en consecuencia, las cosas estropeadas casi nunca se tiraban. Una vez al camarero del tercer piso se le cayó un pollo asado por el hueco de nuestro montacargas y cayó en un montón de basura entre migas de pan, papel roto y demás. Nos limitamos a limpiarlo con un trapo y volverlo a enviar arriba. Se contaba que las sábanas utilizadas un solo día no se lavaban, sino que se humedecían, se planchaban y se volvían a poner. El *patron* era tan miserable con nosotros como con los clientes. En aquel hotel tan enorme no había, por ejemplo, ni una sola escoba y un recogedor, y teníamos que arreglárnoslas con un cepillo y un trozo de cartón. Los lavabos del personal eran dignos de Asia Central y, aparte de las pilas de fregar los platos, no había dónde lavarse las manos.

A pesar de todo, el Hôtel X. era uno de los doce hoteles más caros de París, y los clientes pagaban precios exorbitantes. La tarifa normal de una noche, sin incluir el desayuno, era de doscientos francos. El vino y el tabaco se vendían exactamente al doble de lo que costaban en las tiendas, aunque, por supuesto, el *patron* los compraba al por mayor. Si el cliente tenía algún título nobiliario o era un millonario famoso, los precios subían de manera automática. Una mañana en el cuarto piso, un norteamericano que estaba a dieta pidió solo agua con sal para el desayuno. Valenti se puso furioso. «¡Santo Dios! —exclamó—. ¿Y qué hay de mi diez por ciento?» ¡El diez por ciento de agua con sal! Y le cobró veinticinco francos por el desayuno. El cliente pagó sin rechistar.

Según Boris, ocurría lo mismo en todos los hoteles de París, al menos en los más grandes y caros. Aunque supongo que los clientes del Hôtel X. eran especialmente fáciles de engañar, pues casi todos eran norteamericanos, que no sabían francés, solo un poco de inglés, y parecían no entender nada de buena comida. Se hinchaban a comer repugnantes cereales, tomaban mermelada de naranja a la hora del té, bebían el vermut después de la cena y pedían un *poulet à la reine* de cien francos y lo cubrían de salsa Worcester. Un cliente de Pittsburg cenaba todas las noches en su habitación cereales, huevos revueltos y chocolate caliente. Tal vez no sea tan grave timar a alguien así.

XV

En el hotel oí historias muy raras. Circulaban anécdotas de drogadictos; de viejos pervertidos que frecuentaban los hoteles en busca de botones guapos; de robos y de chantajes. Mario me contó que había trabajado en un hotel donde una camarera robó un anillo de diamantes de valor incalculable a una señora norteamericana. Estuvieron varios días registrando a todo el personal al salir del trabajo y dos detectives buscaron por todo el hotel, pero el anillo no apareció. La camarera tenía un amante en la panadería que había cocido el anillo dentro de un panecillo, y allí siguió, sin que nadie lo sospechara, hasta que concluyó la búsqueda.

Una vez Valenti, en un rato de asueto, me contó una historia sobre sí mismo.

«Mira, *mon p'tit*, trabajar en el hotel tiene sus inconvenientes, pero lo que es horrible es quedarse sin trabajo. Supongo que ya sabes lo que es no tener ni para comer, ¿eh? *Forcément*, si no, no estarías fregando platos. Pues bien, yo no soy ningún pobre diablo de *plongeur*; soy camarero, y aun así una vez pasé cinco días sin comer. Cinco días sin probar ni una corteza de pan. ¡Dios santo!

»Te aseguro que fue espantoso. Lo único bueno fue que tenía pagado el alquiler por adelantado. Vivía en un sucio hotelucho muy barato en la rue Sainte Éloïse, en el Barrio Latino. Se llamaba Hôtel… supongo que por alguna prostituta famosa que debió de nacer en el barrio. Estaba muerto de hambre y no podía hacer nada; ni siquiera podía ir a los cafés donde van los dueños de los hoteles a contratar a los camareros, porque no podía permitirme pagar ni un café. Lo único que hacía era quedarme en cama cada vez más débil y ver correr a las chinches por el techo. Te aseguro que no querría volver a pasar por eso.

»La tarde del quinto día me volví medio loco; o al menos eso me parece ahora. En la pared de mi habitación había un retrato descolorido de una mujer, y me entró la duda de quién podría ser; al cabo de más o menos una hora comprendí que tenía que tratarse de Sainte Éloïse, que era la santa patrona del barrio. No me había fijado antes en aquel cuadro, pero en ese momento, mientras lo observaba tendido en la cama, se me ocurrió una idea absurda.

»"*Écoute, mon cher* —me dije—, si esto sigue así acabarás muriéndote de hambre. Tienes que hacer algo. ¿Por qué no intentas rezarle a Sainte Éloïse? Híncate de rodillas y pídele que te envíe un poco de dinero. Después de todo, no tienes nada que perder. ¡Inténtalo!"

»Absurdo, ¿eh? Pero, cuando se tiene hambre, se hace cualquier cosa. Además, era cierto que no tenía nada que perder. Salí de la cama y empecé a rezar:

»"Querida Sainte Éloïse, si existes, envíame un poco de dinero. No te pido mucho: solo lo suficiente para comprar un poco de pan y una botella de vino con los que recobrar las fuerzas. Con tres o cuatro francos será suficiente. No sabes cuánto te lo agradeceré, Sainte Éloïse, si me ayudas. Y te aseguro que, si me envías algo, lo primero que haré será ir a encenderte una vela, en tu iglesia al fondo de la calle. Amén".

»Dije lo de la vela, porque había oído que a los santos les gusta que enciendan velas en su honor. Por supuesto, pensaba mantener mi promesa. Pero soy ateo y, en realidad, no creía que fuese a pasar nada.

»En fin, volví a meterme en la cama, y cinco minutos después oí llamar a la puerta. Era una joven llamada María, una corpulenta campesina que vivía en el hotel. Era un poco simple pero buena persona, y no me gustó que me viera en aquel estado.

»—*Nom de Dieu!* —gritó al verme—. ¿Qué te ocurre? ¿Qué haces en la cama a estas horas? *T'en as une mine!* Pareces más un cadáver que un hombre.

»Es probable que no tuviese muy buen aspecto. Llevaba cinco días sin comer, había pasado casi todo ese tiempo en cama y hacía tres días que no me lavaba ni afeitaba. La habitación también estaba hecha una pocilga.

»—¿Qué te ocurre? —volvió a preguntar María.

»—¿Que qué me pasa? —exclamé—. ¡Dios santo! Pues que me muero de hambre. Llevo cinco días sin probar bocado. Eso me pasa.

»María se quedó horrorizada.

»—¿No has comido en cinco días? —preguntó—. Pero ¿por qué? ¿No tienes dinero?

»—¡Dinero! —respondí—. ¿Crees que estaría aquí pasando hambre si lo tuviera? Solo me quedan cinco sous, y lo he empeñado todo. Mira en la habitación y dime si hay algo que pueda venderse o empeñarse. Si encuentras algo que valga más de cincuenta céntimos es que eres más lista que yo.

»María empezó a buscar en la habitación. Estuvo hurgando aquí y allá, entre la basura, y de pronto se puso muy nerviosa. Su boca gruesa se abrió sorprendida.

»—¡Serás idiota! —gritó—. ¡Menudo imbécil! ¿Qué es esto, entonces?

»Vi que había cogido un *bidon* de aceite vacío que había en un rincón. Lo había comprado unas semanas antes para recargar un quinqué que tenía antes de vender mis cosas.

»—¿Esto? —dije—. Un *bidon* de aceite. ¿Y qué?

»—¡Imbécil! ¿No pagaste tres francos con cincuenta como depósito al comprarlo?

»Pues claro que los había pagado. Cuando compras el *bidon* te cobran un depósito y lo recuperas cuando lo devuelves. Pero lo había olvidado.

»—Sí… —empecé.

»—¡Idiota! —volvió a gritar María. Estaba tan nerviosa que se puso a bailar hasta que pensé que agujerearía el suelo con los zuecos—. ¡Idiota! *T'es louf! T'es louf!* ¿Por qué no lo llevas a la tienda y que te devuelvan el depósito? ¡Muriéndote de hambre con tres francos cincuenta delante de las narices! ¡Imbécil!

»Ahora me cuesta creer que en esos cinco días no pensara en devolver el *bidon* a la tienda. ¡Nada menos que tres francos cincuenta en metálico y no se me había ocurrido! Me senté en la cama.

»—¡Deprisa! —le grité a María—, llévalo tú por mí. Llévaselo al verdulero de la esquina. Date prisa. ¡Y tráeme comida!

»No tuve que decírselo dos veces. Cogió el *bidon* y bajó por la escalera con tanto estrépito como una manada de elefantes; a los tres minutos volvió con dos libras de pan debajo de un brazo y medio litro de vino debajo del otro. No me paré a agradecérselo; cogí el pan y lo mordí. ¿Has notado el sabor que tiene el pan cuando llevas mucho tiempo hambriento? Frío, húmedo, mantecoso, casi parece masilla. Pero ¡Dios santo, qué rico estaba! En cuanto al vino, me lo bebí todo de un trago y fue como si entrase directamente en mis venas y fluyera por mi cuerpo como sangre nueva. ¡Ay, menuda diferencia!

»Engullí las dos libras de pan sin pararme a tomar aliento. María se plantó a verme comer con las manos en las caderas.

»—¿Qué, te encuentras mejor? —preguntó cuando terminé.

»—¡Mejor! —respondí—. ¡Estoy perfectamente! No soy la misma persona que hace cinco minutos. Solo echo de menos una cosa en el mundo: un cigarrillo.

»María se llevó la mano al bolsillo del delantal.

»—Pues no va a poder ser —respondió—. Solo te quedan siete sous de tus tres francos con cincuenta. Y los cigarrillos más baratos cuestan doce sous el paquete.

»—¡Entonces sí que puedo! —exclamé—. Dios santo, ¡menuda suerte!, tengo cinco sous… ¡justo lo necesario!

»María cogió los doce sous para ir al estanco. Y de pronto recordé algo que había olvidado. ¡La condenada Sainte Éloïse! Le había prometido una vela si me enviaba dinero; y, la verdad, ¿cómo pensar que mis oraciones no habían sido escuchadas? "Tres o cuatro francos", había dicho; y justo después había encontrado tres con cincuenta. No había otra posibilidad. Tendría que gastar mis doce sous en una vela.

»Volví a llamar a María.

»—No —dije—, le he prometido una vela a Sainte Éloïse. Tendré que gastar en eso los doce sous. Tonto, ¿no? Al final me quedo sin cigarrillos.

»—¿Sainte Éloïse? —preguntó María—. ¿Qué pasa con Sainte Éloïse?

»—Le recé pidiéndole dinero y prometí encenderle una vela —respondí—. Ella atendió a mis ruegos… o al menos he encontrado el dinero. Tendré que comprar la vela. Es un incordio, pero creo que debo cumplir mi promesa.

»—¿Y qué te hizo pensar en Sainte Éloïse? —preguntó María.

»—Su retrato —respondí, y se lo expliqué todo—. Está ahí, ya lo ves —añadí, y señalé al cuadro de la pared.

»María miró el cuadro y, para mi sorpresa, estalló en carcajadas. Se rió y se rió dando patadas por la habitación y sujetándose los gruesos costados como si fuese a troncharse de risa. Pensé que se había vuelto loca. Hasta pasados dos minutos no pudo articular palabra.

»—¡Idiota! —gritó por fin—. *T'es louf! T'es louf!* ¿Quieres decir que de verdad te pusiste de rodillas y le rezaste a ese retrato? ¿Quién te ha dicho que es Sainte Éloïse?

»—Estaba seguro de que lo era —respondí.

»—¡Imbécil! Esa no es Sainte Éloïse. ¿Sabes quién es?

»—¿Quién? —pregunté.

»—Es… la mujer que dio nombre a este hotel.

»Le había estado rezando a la famosa prostituta del Imperio…

»Pero después de todo, no lo lamenté, María y yo nos reímos mucho, y luego llegamos a la conclusión de que no le debía nada a Sainte Éloïse. Estaba claro que no había sido ella quien había respondido a mis oraciones y no había por qué comprarle una vela. Así que al final pude comprarme el paquete de cigarrillos.»

XVI

El tiempo fue pasando sin que hubiera el menor indicio de que fuesen a abrir el Auberge de Jehan Cottard. Boris y yo pasamos un día por allí a la hora del descanso y descubrimos que no habían hecho ninguna reforma, excepto los cuadros indecentes, y que había tres acreedores en lugar de dos. El *patron* nos saludó con la zalamería de costumbre y, poco después, se volvió hacia mí (su futuro friegaplatos) y me pidió prestados cinco francos. Entonces comprendí que el restaurante no pasaría de ser pura palabrería. Sin embargo, el *patron* volvió a insistir en que la inauguración sería «al cabo de quince días justos», y nos presentó a la mujer que iba a encargarse de la cocina, una rusa báltica de cinco pies de altura y unas caderas anchísimas. Nos contó que había sido cantante antes de dedicarse a la cocina, que era muy artística y que adoraba la literatura inglesa, sobre todo *La cabaña del tío Tom*.

Al cabo de quince días, estaba tan acostumbrado a la rutina de la vida de *plongeur* que apenas podía concebir nada diferente. Era una vida sin muchos cambios. A las seis menos cuarto despertabas de un salto, te embutías una ropa grasienta y salías de casa corriendo con la cara sucia y los músculos doloridos. El cielo era como una inmensa pared de cobalto con tejados y pináculos de papel negro. Hombres soñolientos barrían las aceras con escobas de diez pies de largo, y familias harapientas rebuscaban en los cubos de basura. Un tropel de obreros y chicas con un trozo de chocolate en una mano y un *croissant* en la otra descendían por las bocas de metro. Tristes tranvías, abarrotados de más obreros, pasaban con estrépito. Bajabas a toda prisa a la estación, te peleabas por subir al vagón —en el metro de París a las seis de la mañana hay que pelear literalmente por un hueco—, y viajabas de pie entre la masa de pasajeros, con algún desagradable rostro francés delante de las narices, oliendo a ajo y vino agrio. Y luego descendías al laberinto del sótano del hotel, y olvidabas la luz del día hasta las dos en punto, cuando el sol calentaba más y la ciudad se había ennegrecido de coches y personas.

Después de mi primera semana en el hotel siempre pasaba el rato de descanso durmiendo, o, si tenía dinero, en un *bistro*. Salvo un par de camareros ambiciosos que asistían a clases de inglés, todo el personal malgastaba así sus ratos de ocio; después de pasarte la mañana trabajando estabas demasiado perezoso para hacer nada mejor. A veces se juntaban media docena de *plongeurs* para ir a un burdel abominable en la rue de Sieyès, donde solo cobraban cinco francos y veinticinco céntimos, diez peniques y medio. Lo llamaban *le prix fixe*, y narraban sus vivencias allí como si fuesen una gran diversión. Era uno de los sitios favoritos de los trabajadores del hotel. El salario de los *plongeurs* no alcanzaba para casarse y, después de tanto trabajar, no se tienen demasiados escrúpulos.

Pasabas otras cuatro horas en los sótanos y luego salías, sudoroso, a la calle fría. La única luz era de las farolas —ese extraño resplandor purpúreo de las farolas parisinas— y, al otro lado del río, la torre Eiffel, que centelleaba de arriba abajo con luces zigzagueantes como enormes serpientes de fuego. Hileras de coches se deslizaban sin ruido de aquí para allá, y las mujeres, con aire exquisito bajo la luz tenue, paseaban por los soportales. A veces alguna nos miraba a Boris o a mí y, al reparar en nuestra ropa grasienta, apartaba a toda prisa la mirada. Librabas otra batalla en el metro y llegabas a casa a las diez. Por lo general, de diez a doce iba a un pequeño *bistro* que había en nuestra calle, un local subterráneo frecuentado por peones árabes. Era un sitio donde había muchas peleas y más de una vez vi lanzar botellas con efectos pavorosos, pero por lo general los árabes discutían entre ellos y dejaban en paz a los cristianos. El raki, la bebida árabe, era muy barata, y el *bistro* estaba abierto a todas horas, pues los árabes —dichosos ellos— podían pasarse el día trabajando y las noches bebiendo.

Así era la típica vida de *plongeur* y, en aquel entonces, no me parecía tan mala. No tenía sensación de pobreza, pues incluso después de pagar el alquiler y apartar lo suficiente para pagarme el tabaco, los viajes en metro y la comida de los domingos, me quedaban cuatro francos al día para comprar bebidas y eso era una fortuna. Es difícil de explicar, pero esa vida tan sencilla encerraba una especie de sorda satisfacción, parecida a la de un animal de carga bien alimentado. No hay nada más simple que la vida de un *plongeur*. Vive en una oscilación entre el trabajo y el sueño, no tiene tiempo de pensar y apenas es consciente del mundo exterior; para él París se ha reducido al hotel, el metro, unos cuantos *bistros* y su cama. Cuando sale, va solo unas calles más allá, de paseo con una criada que se sienta en su rodilla a engullir ostras y cerveza. En su día libre se queda en la cama hasta las doce, se pone una camisa limpia, apuesta a los dados y, después de comer, se vuelve a acostar. Nada es tan real para él como el *boulot*, la bebida y el sueño; y de las tres cosas la más importante es el sueño.

Una noche, de madrugada, se produjo un asesinato al pie de mi ventana. Me despertó un alboroto espantoso y, al asomarme a la ventana, vi a un hombre tendido en los adoquines y a tres de los asesinos, que huían calle abajo. Bajamos y comprobamos que estaba muerto, le habían roto el cráneo con una tubería de plomo. Recuerdo el color de la sangre, de un extraño color púrpura, como el vino; cuando regresé a casa esa noche, el hombre aún seguía tendido en la calle, y me contaron que habían llegado escolares de varias millas a la redonda para verlo. Pero lo que más me sorprende al recordarlo es que, a los tres minutos de producirse el asesinato, volví a meterme en la cama. Igual que la mayoría de la gente: nos limitamos a asegurarnos de que el hombre estaba muerto y nos fuimos directos a dormir. Éramos trabajadores, ¿qué sentido tenía malgastar nuestras horas de sueño por un asesinato?

El trabajo en el hotel me enseñó el verdadero valor del sueño, igual que pasar hambre me había enseñado el verdadero valor de la comida. El sueño dejó de ser una necesidad física y se convirtió en algo voluptuoso, en un placer más que un alivio. Además, las chinches habían dejado de molestarme. Mario me había dado un remedio infalible: esparcir pimienta en las sábanas. Daban muchas ganas de estornudar, pero las chinches la odiaban y emigraban a las otras habitaciones.

XVII

Con treinta francos a la semana para gastar en bebida, pude participar de la vida social del barrio. Los sábados pasamos tardes muy alegres en el pequeño *bistro* que había al pie del Hôtel des Trois Moineaux.

En la sala de quince pies de lado con el suelo de ladrillo se amontonaban unas veinte personas, y el aire estaba turbio por el humo. El ruido era ensordecedor, pues todo el mundo cantaba o hablaba a gritos. A veces era solo un alboroto confuso de voces; otras todo el mundo se ponía a cantar la misma canción: la «Marseillaise», o la «Internationale», o «Madelon», o «Les Fraises et les Framboises». Azaya, una corpulenta campesina que trabajaba catorce horas al día en una fábrica de vidrio, cantaba una canción que decía: «Elle a perdu son pantalon, tout en dansant le charleston». Su amiga, Marinette, una joven corsa, morena y delgada de virtud obstinada, juntaba las rodillas y bailaba la *danse du ventre*. Los Rougier entraban y salían para beber de gorra e intentaban contar una larga y complicada historia sobre alguien que les había engañado al venderles una cama. R., cadavérico y silencioso, bebía tranquilamente en su rincón. Charlie, borracho, bailaba y trastabillaba de aquí para allá con un vaso de falsa absenta en equilibrio sobre la mano rechoncha mientras tocaba los pechos a las mujeres y declamaba poesía. La gente jugaba a los dardos y se apostaba las copas a los dados. Manuel, un español, arrastraba a las jóvenes a la barra y rozaba el cubilete contra su vientre para que le trajese suerte. Madame F. se plantaba detrás de la barra y servía *chopines* de vino con un embudo de peltre y con un trapo mojado a mano, porque todos los hombres de la sala intentaban coquetear con ella. Dos niños, hijos ilegítimos de un albañil muy forzudo llamado Louis, se quedaban en un rincón y compartían un vaso de *sirop*. Todos estaban muy contentos y convencidos de que el mundo era un buen sitio y nosotros un interesante grupo de personas.

Pasaba una hora sin que disminuyera aquel estrépito. Luego, a eso de la medianoche, se oía un penetrante grito de «Citoyens!» y el ruido de una silla volcada. Un obrero rubio y sanguíneo se había puesto en pie y había golpeado la botella contra la mesa. Todo el mundo dejaba de cantar y se corría la voz: «¡Chis, Fureux va a empezar!». Fureux era un individuo extraño, un cantero del Limousin que trabajaba toda la semana sin parar y los sábados bebía hasta sufrir una especie de paroxismo. Había perdido la memoria y no recordaba nada antes de la guerra, y si madame F. no hubiese cuidado de él, se habría matado bebiendo. Los sábados por la tarde, a eso de las cinco, madame F. le decía a alguien: «Ve a por Fureux antes de que se gaste el sueldo en bebida», y cuando lo atrapaban le quitaba el dinero y le dejaba únicamente el suficiente para emborracharse. Una semana se escapó, se desplomó borracho en la Place Monge y lo atropelló un coche que le dejó malherido.

Lo raro de Fureux era que, aunque sobrio era comunista, cuando se emborrachaba se volvía un furibundo patriota. Empezaba la tarde animado con buenos principios comunistas, pero, después de tres o cuatro litros de vino, se convertía en un chovinista rampante y no paraba de denunciar espías, retar a pelear a los desconocidos y, si nadie lo impedía, a lanzar botellas por el aire. Era entonces cuando pronunciaba su discurso, pues todos los sábados por la noche pronunciaba una arenga patriótica. Siempre el mismo, palabra por palabra. Decía así:

«Ciudadanos de la República, ¿hay aquí algún francés? Si lo hay, me pongo en pie para recordarle… para recordarle los gloriosos días de la guerra. Cuando se echa la vista atrás a esa época de camaradería y heroísmo, se echa, en efecto, la vista atrás a esa época de camaradería y heroísmo. Cuando se recuerda a los héroes muertos… se recuerda, en efecto, a los héroes muertos. Ciudadanos de la República, a mí me hirieron en Verdún…».

Entonces se desvestía en parte para mostrar la herida que había recibido en Verdún. Se oían aplausos. El discurso de Fureux nos parecía lo más gracioso del mundo. Era un espectáculo conocido en el barrio; había gente que iba de otros *bistros* a verlo.

Se corría la voz de fastidiar a Fureux. Con un guiño, alguien exigía silencio y le pedía que cantara la «Marseillaise». La cantaba bien, con una bonita voz de bajo, y hacía patrióticos gorgoritos cuando llegaba a «Aux arrmes, citoyens! Formez vos bataillons!». Lágrimas sinceras le corrían por las mejillas, estaba demasiado borracho para ver que todo el mundo se reía. Luego, antes de que terminase, dos recios obreros le sujetaban de los brazos mientras Azaya gritaba: «Vive l'Allemagne!» lejos de su alcance. El rostro de Fureux se ponía de color púrpura al oír aquella infamia. Todo el mundo en el *bistro* empezaba a gritar a coro: «Vive l'Allemagne! À bas la France!» y Fureux se debatía e intentaba golpearles. De pronto se fastidiaba la diversión. Se ponía pálido, sus miembros se aflojaban y, antes de que nadie pudiera impedirlo, vomitaba sobre la mesa. Entonces madame F. lo cogía en volandas como un saco y se lo llevaba a dormir la mona. Por la mañana volvía a aparecer, tranquilo y educado, y compraba un ejemplar de *L'Humanité*.

Limpiaban la mesa con un trapo, madame F. sacaba más botellas y barras de pan, y todos nos dedicábamos a beber. Había más canciones. Un cantante ambulante entraba con su banjo y actuaba a cambio de monedas de cinco sous. Un árabe y una joven del *bistro* que había calle abajo bailaban una danza, el hombre llevaba un falo de madera pintado, del tamaño de un rodillo pastelero. Entonces el ruido cesaba de vez en cuando. La gente había empezado a hablar de sus amoríos, de la guerra, de la pesca de mújoles en el Sena, de la forma mejor de *faire la révolution* y a contar anécdotas. Charlie, que volvía a estar sobrio, interrumpía la conversación y hablaba cinco minutos sobre su alma. Las puertas y las ventanas estaban abiertas para refrescar el ambiente. La calle se iba vaciando y a lo lejos se oía el carrito del lechero que avanzaba con estrépito por el Boulevard Saint-Michel. Notabas el aire frío en la frente y el áspero vino africano sentaba muy bien; seguíamos alegres, pero meditativos, y cesaban las risas y los gritos.

A eso de la una ya no nos sentíamos tan alegres. Notábamos cómo se disipaba la alegría de la tarde y pedíamos más botellas, pero madame F. había empezado a rebajar el vino con agua y ya no sabía igual. Los hombres se volvían pendencieros. Besaban con violencia a las chicas y les metían mano por debajo de la falda, hasta que se iban por miedo a que la cosa empeorara. Louis, el albañil, gateaba borracho por el suelo ladrando y fingiendo ser un perro. Los demás se hartaban y le daban patadas al pasar. La gente se cogía del brazo y empezaba largas y divagantes confesiones, y se enfadaba si no les prestaban atención. La concurrencia empezaba a disminuir. Manuel y otro hombre, ambos jugadores, iban al *bistro* árabe, donde se jugaba a los naipes hasta el amanecer. Charlie conseguía de pronto que madame F. le prestara treinta francos y se marchaba, probablemente a algún burdel. Los hombres apuraban las copas, decían: «'Sieurs, dames!», y se iban a la cama.

A eso de la una y media, las últimas gotas de placer se habían evaporado y no habían dejado más que dolores de cabeza. Comprendíamos que no éramos los espléndidos habitantes de un mundo maravilloso, sino un grupo de obreros mal pagados que se habían emborrachado con vino de garrafa. Seguíamos bebiendo, pero solo por pura costumbre, pues cada vez nos parecía más nauseabundo. Se nos había hinchado la cabeza como un globo, el suelo se movía, teníamos la lengua y los labios teñidos de púrpura. Al final ya no había quien lo aguantase. Muchos salían a vomitar detrás del *bistro*.

Casi todas mis tardes de sábado eran así. En general, las dos horas en que te sentías alegre y feliz parecían compensar el subsiguiente dolor de cabeza. Para muchos hombres del barrio, solteros y sin ningún futuro por delante, la borrachera del fin de semana era lo único que hacía que su vida valiera la pena.

XVIII

Un sábado por la noche, en el *bistro*, Charlie nos contó una buena historia. Hay que hacer el esfuerzo de imaginarlo borracho, pero lo bastante sobrio para hablar con coherencia. Da un golpe en la barra de zinc y grita exigiendo silencio:

«¡Silencio, *messieurs et dames*, silencio, se lo ruego! Escuchen la historia que me dispongo a contarles. Es una historia memorable e instructiva, un recuerdo de una vida refinada y civilizada. ¡Silencio, *messieurs et dames*!

»En la época en que sucedió yo estaba sin un céntimo. Ya saben lo que es eso, y lo repulsivo que resulta que un hombre refinado tenga que verse en esa situación. No me había llegado el dinero de casa. Lo había empeñado todo y no me quedaba más remedio que trabajar, algo con lo que no estoy dispuesto a transigir. Por aquel entonces vivía con una joven. Se llamaba Yvonne, una campesina medio retrasada como Azaya aquí presente, de cabello rubio y piernas gruesas. Llevábamos tres días sin comer. ¡*Mon Dieu*, qué sufrimientos! La muchacha iba y venía por la habitación con las manos en la barriga, aullaba como un perro y aseguraba que se moría de hambre. Fue horrible.

»Pero para un hombre inteligente no hay nada imposible. Me planteé la siguiente pregunta: "¿Cuál es el modo más fácil de ganar dinero sin trabajar?". Y enseguida se me ocurrió la respuesta. "Para ganar dinero con facilidad, hay que ser mujer.

¿Acaso no tienen todas las mujeres algo que vender?" Y, mientras pensaba en las cosas que haría si fuese mujer, se me ocurrió una idea. Recordé los hospitales públicos de maternidad. ¿Los conocen? Son sitios donde a las mujeres que están *enceinte* les dan de comer gratis y sin hacer preguntas. Están pensados para promover la natalidad. Cualquier mujer puede presentarse, pedir una comida y se la dan en el acto.

»"*Mon Dieu!* —pensé—, ¡ojalá fuese mujer! Comería a diario en esos sitios. ¿Quién va a saber si una mujer está *enceinte* o no sin explorarla?"

»Me volví hacia Yvonne.

»—Deja ya de aullar así —le dije—. Se me ha ocurrido un modo de conseguir comida.

»—¿Cómo? —preguntó.

»—Muy sencillo —respondí—. Ve al hospital público de maternidad. Diles que estás *enceinte* y pide que te den de comer. Te darán una buena comida sin hacer preguntas.

»Yvonne se quedó espantada.

»—*Mais, mon Dieu* —exclamó—. ¡Yo no estoy *enceinte*!

»—¿Y qué más da? —dije—. Eso se arregla enseguida. Lo único que necesitamos son uno o dos cojines. Es una inspiración del cielo, *ma chère*. No la desperdicies.

»En fin, al final la convencí, cogimos prestado un cojín, la preparé y la llevé al hospital de maternidad. La acogieron con los brazos abiertos. Le dieron sopa de col, ragú de ternera, puré de patatas, pan y queso y cerveza, y un montón de consejos sobre cómo cuidar del bebé. Yvonne se atiborró hasta que estuvo a punto de reventar, e incluso se las arregló para meterse un poco de pan y queso en el bolsillo para mí. La llevé allí a diario hasta que volví a tener dinero. Mi inteligencia nos había salvado.

»Todo fue bien hasta un año después. Volvía a estar con Yvonne y un día fuimos a pasear por el Boulevard Port Royal, cerca de los cuarteles. De pronto, Yvonne se quedó boquiabierta y se puso primero roja, luego pálida y después otra vez roja.

»—*Mon Dieu!* —exclamó—, mira quién viene ahí. Es la enfermera que estaba a cargo del hospital de maternidad. ¡Estoy perdida!

»—¡Deprisa! —la apremié—, ¡corre!

Pero era ya era demasiado tarde. La enfermera había reconocido a Yvonne y venía muy sonriente directa hacia nosotros. Era una mujer gruesa con unos quevedos de oro y unas mejillas sonrosadas como una manzana. La típica mujer maternal y entrometida.

»—¿Te encuentras bien, *ma petite*? —preguntó muy amable—. ¿Y el bebé? ¿Fue un niño como querías?

»Yvonne había empezado a temblar tanto que tuve que sujetarla del brazo.

»—No —dijo por fin.

»—¡Ah!, entonces, *évidemment*, fue una niña.

»En ese momento, la estúpida de Yvonne perdió la cabeza por completo.

»—No —volvió a decir.

»La enfermera se quedó desconcertada.

»—*Comment!* —exclamó—, ¡ni niño ni niña! ¿Cómo es posible?

»Imagínense, *messieurs et dames*, qué situación tan delicada. Yvonne se había puesto del color de una remolacha y parecía a punto de estallar en lágrimas; un segundo más y lo habría confesado todo. Dios sabe qué habría sucedido. Pero conservé la cabeza fría, intervine y la ayudé a salir del paso.

»—Fueron gemelos —expliqué con calma.

»—¡Gemelos! —exclamó la enfermera. Y se alegró tanto que cogió a Yvonne de los hombros y la besó en las mejillas a la vista de todos.

»—Sí, gemelos…».

XIX

Un día, cuando llevábamos cinco o seis semanas en el Hôtel X., Boris faltó al trabajo sin previo aviso. Por la noche lo encontré esperándome en la rue de Rivoli. Me dio una alegre palmada en el hombro.

—¡Por fin somos libres, *mon ami*! Puedes despedirte cuando quieras. El Auberge abre mañana.

—¿Mañana?

—Bueno, puede que necesitemos un día o dos para disponerlo todo. Pero, en cualquier caso, ¡se acabó la *cafeterie*! *Nous voilà lancés, mon ami!* Ya he desempeñado la levita.

Lo vi tan animado que intuí que algo iba mal y me resistí a dejar mi trabajo cómodo y seguro en el hotel. No obstante, se lo había prometido a Boris, así que me despedí y a la mañana siguiente a las siete me presenté en el Auberge de Jehan Cottard. Estaba cerrado y fui a buscar a Boris, que había vuelto a largarse sin pagar de su hotel y había alquilado una habitación en la rue de la Croix Nivert. Lo encontré dormido con una chica a la que había conocido la noche anterior y que, según me dijo, tenía un «temperamento muy complaciente». En cuanto al restaurante, afirmó que todo estaba arreglado y que solo faltaba resolver un par de cosas antes de abrir.

A las diez conseguí sacar a Boris de la cama, y abrimos el restaurante. Un vistazo bastó para ver en qué consistían aquel par de cosas que había que resolver; podían resumirse así: nadie había hecho ninguna reforma desde nuestra última visita. Los fogones de la cocina aún no habían llegado, no había agua ni electricidad y había que pintar, pulir y hacer incontables trabajos de carpintería. Solo si se producía un milagro podríamos abrir el restaurante antes de diez días y, en vista de cómo se encontraba, también podía ser que se viniera abajo antes de abrir. Lo que pasaba estaba clarísimo: el *patron* andaba mal de dinero, y había contratado a sus empleados (éramos cuatro en total) para que hiciésemos de albañiles. Le saldríamos casi gratis, porque a los camareros no se les paga y, aunque a mí sí tendría que pagarme, no me daría de comer hasta que abriera el restaurante. Al mandarnos llamar antes de abrir, nos había estafado sin más varios cientos de francos. Habíamos dejado un buen trabajo por nada.

No obstante, Boris seguía muy esperanzado. Solo tenía una idea en la cabeza: por fin se había presentado la oportunidad de volver a ser camarero y llevar una levita. A cambio estaba dispuesto a trabajar diez días sin cobrar, aunque corriera el riesgo de quedarse sin trabajo al final. «¡Paciencia! —no hacía más que repetir—. Todo se arreglará. Espera a que abra el restaurante y recuperaremos el dinero. Paciencia. *Mon ami!*»

Falta iba a hacernos, porque pasaron los días y el restaurante apenas avanzaba. Limpiamos los sótanos, arreglamos los estantes, pintamos las paredes, cepillamos la madera, enyesamos el techo y teñimos el suelo; pero lo más importante, la fontanería, el gas y la electricidad, seguía sin hacerse porque el *patron* no podía pagar las facturas. Estaba claro que no tenía un céntimo, pues se negaba a pagar los gastos más pequeños y se las arreglaba para desaparecer a toda prisa cuando alguien le pedía dinero. Su carácter escurridizo y sus modales aristocráticos hacían muy difícil tratar con él. Los acreedores iban a buscarlo a todas horas y, de acuerdo con sus instrucciones, les decíamos que había ido a Fontainebleau, Saint Cloud o cualquier otro sitio que estuviese lo bastante lejos. Entretanto, yo estaba cada vez más hambriento. Cuando dejé el trabajo en el hotel solo tenía treinta francos en el bolsillo, así que me vi obligado a volver de inmediato a mi dieta a base de pan duro. Al principio, Boris se las había arreglado para sacarle al *patron* un adelanto de sesenta francos, pero había gastado la mitad en desempeñar la ropa de camarero y la otra mitad en la joven de temperamento complaciente. Le pedía prestados tres francos diarios a Jules, el segundo camarero, y lo gastábamos en pan. Algunos días no teníamos ni para tabaco.

En ocasiones, la cocinera se pasaba por el restaurante para ver cómo iban las cosas y, cuando veía que en la cocina seguía sin haber cazuelas ni sartenes, se echaba a llorar. Jules, el segundo camarero, se negaba en redondo a trabajar. Era magiar, un hombrecillo moreno con gafas, de rasgos afilados y muy parlanchín; había estudiado medicina una temporada, pero había tenido que dejar los estudios por falta de dinero. Le gustaba hablar mientras los demás trabajaban, y me contó muchas cosas de sí mismo y de sus ideas. Por lo visto, era comunista, tenía muchas teorías extrañas (sabía demostrar matemáticamente que trabajar no valía la pena) y, como todos los magiares, era muy orgulloso. Los hombres perezosos y orgullosos no son buenos camareros. Una de las cosas de las que más se jactaba Jules era de que en una ocasión, después de que un cliente le insultara, le había echado encima un plato de sopa caliente, y luego se había marchado sin esperar siquiera a que lo despidieran.

Cada día que pasaba, Jules se enfurecía más de la jugarreta que nos había gastado el *patron*. Hablaba con una oratoria farfullera. Se dedicaba a ir y venir blandiendo el puño y me animaba a no trabajar más.

«¡Deja de una vez ese cepillo de carpintero, idiota! Tú y yo pertenecemos a razas orgullosas; no trabajamos gratis, como esos condenados siervos rusos. No sabes la tortura que es para mí que me engañen. Ha habido veces en que he vomitado de rabia, sí, vomitado, porque me habían estafado cinco sous.

»Además, *mon vieux*, no olvides que soy comunista. *À bas les bourgeois!* ¿Acaso me ha visto alguien trabajar si he podido evitarlo? No. Y no solo no me agoto trabajando, como otros idiotas, sino que robo únicamente para demostrar mi independencia. Una vez trabajé en un restaurante donde el *patron* pensó que podía tratarme como a un perro. Pues bien, en venganza, encontré un modo de robarle leche de los botes y volver a sellarlos para que nadie se diera cuenta. Le robaba leche por la noche y por la mañana. Todos los días me bebía cuatro litros de leche y medio litro de nata. El *patron* se hacía cruces porque no entendía qué pasaba con la leche. Y no era que me apeteciese, porque odio la leche: era una cuestión de principios y ya está.

»Pues bien, al cabo de tres días empecé a tener un horrible dolor en el vientre y fui al médico. "¿Qué ha comido?", preguntó. "Cuatro litros de leche al día y medio litro de nata", respondí. "Pues pare ahora mismo o reventará." "¿Y qué? —repliqué—, los principios son los principios y seguiré bebiendo leche aunque reviente."

»Al día siguiente el *patron* me sorprendió robándole la leche. "Estás despedido —anunció—, después del fin de semana no quiero verte por aquí." "*Pardon, monsieur* —respondí—, pero me voy esta mañana." "De eso nada —exclamó—, te necesito hasta el sábado." "Muy bien, *mon patron* —pensé—, veremos quién se cansa antes." Y me dediqué a romper los platos. El primer día rompí nueve y el siguiente trece; después, el *patron* se alegró de verme marchar.

»No, no soy uno de esos *mujiks* rusos…»

Pasaron diez días. Fue una mala época. Apenas me quedaba dinero y debía varios días de alquiler. Pasábamos el rato en el restaurante vacío, demasiado hambrientos para terminar el trabajo que faltaba. Solo Boris seguía creyendo que el restaurante abriría algún día. Se le había metido en la cabeza ser *maître d'hôtel*, e inventó la teoría de que el *patron* tenía el dinero invertido en acciones y estaba esperando el momento idóneo para venderlas. Al décimo día no me quedaba comida ni tabaco y le dije al *patron* que no podía seguir trabajando si no me pagaba un anticipo. Con la zalamería de siempre, el *patron* me prometió un adelanto y luego, como de costumbre, desapareció. Volví a casa andando, pero no me vi con ánimos de discutir con madame F. por el alquiler y pasé la noche en un banco del bulevar. Resultó incomodísimo —el brazo del asiento se me clavaba en la espalda— y pasé mucho más frío de lo que pensaba. Tuve tiempo de sobra, en las largas y aburridas horas entre el amanecer y la hora de volver al trabajo, para pensar en lo imbécil que había sido al ponerme en manos de aquellos rusos.

Luego por la mañana, la suerte cambió. Estaba claro que el *patron* había llegado a un acuerdo con los acreedores, pues se presentó con dinero en el bolsillo, volvió a poner en marcha las reformas y me pagó el adelanto. Boris y yo compramos macarrones y un trozo de hígado de caballo y disfrutamos de nuestra primera comida caliente en diez días.

Contrató a unos obreros y terminó las reformas a toda prisa y de forma muy chapucera. Por ejemplo, las mesas tenían que ir cubiertas de hule, pero, cuando se enteró de lo caro que era, compró unas mantas del ejército con un insoportable olor a sudor. Ya las taparían los manteles (de cuadros, para combinar con la decoración «normanda»). La última noche estuvimos trabajando hasta las dos de la madrugada para que todo estuviera dispuesto. La vajilla llegó a las ocho y, como era nueva, hubo que fregarla. Los cubiertos no llegaron hasta la mañana siguiente y los trapos y los manteles tampoco, así que tuvimos que secar los platos con una camisa del *patron* y una vieja funda de almohada del portero. Boris y yo hicimos todo el trabajo, Jules se escondió y el *patron* y su mujer se sentaron a la mesa con un acreedor y unos amigos rusos a brindar por el restaurante. La cocinera estaba en la cocina llorando con la cabeza sobre la mesa porque tenía que cocinar para cincuenta personas, y solo había cazuelas y sartenes para diez. A medianoche se produjo una espantosa discusión con unos acreedores que querían llevarse ocho cazuelas de cobre que el *patron* había comprado a crédito. Los sobornó con media botella de brandy.

Jules y yo perdimos el último metro a casa y tuvimos que dormir en el suelo del restaurante. Lo primero que vimos por la mañana fueron dos enormes ratas que daban cuenta de un jamón que alguien había dejado sobre la mesa de la cocina. Fue un mal augurio, y me convenció más que nunca de que el Auberge de Jehan Cottard acabaría siendo un fracaso.

XX

El *patron* me había contratado en la cocina como *plongeur*, es decir, que mi trabajo consistía en fregar los platos, mantener limpia la cocina, cortar las verduras, hacer té, café y bocadillos, preparar los platos más sencillos y hacer recados. Los términos eran, como de costumbre, la comida y quinientos francos al mes, pero no tenía día libre, ni horario fijo de trabajo. En el Hôtel X. había visto la mejor cara de la hostelería, cuando hay dinero de sobra y buena organización. En el Auberge aprendí cómo se hacían las cosas en un mal restaurante. Vale la pena describirlo, pues hay cientos de locales similares en París y todos los que visitan la ciudad comen alguna vez en uno de ellos.

Ya puestos, debería añadir que el Auberge no era la típica casa de comidas barata frecuentada por obreros y estudiantes. Por menos de veinticinco francos no se podía comer nada decente; éramos artísticos y pintorescos, y eso elevaba nuestro estatus social. Además de los cuadros indecentes en el bar, estaba la decoración normanda —vigas falsas en las paredes, bombillas en forma de velas, cerámica «campesina» e incluso un montadero a la entrada—; además, el *patron* y el camarero jefe eran oficiales del ejército ruso, y muchos de los clientes eran aristócratas refugiados. En suma, éramos decididamente chics.

Sin embargo, las condiciones más allá de la puerta de la cocina se parecían mucho a las de una pocilga. Así estaba organizado su funcionamiento:

La cocina medía unos quince pies de largo por ocho de ancho, y la mitad de ese espacio lo ocupaban los fogones y las mesas. Las ollas tenían que estar en estantes lejos del alcance de la mano, y solo había sitio para un cubo de la basura, que por lo general se llenaba a mediodía, por lo que en el suelo casi siempre había una pulgada de comida pisoteada.

Para cocinar solo teníamos tres fogones y no había hornos, así que había que enviar los asados a la panadería.

Tampoco había despensa. Lo más parecido era un cobertizo con un tejadillo que había en el patio y en mitad del cual crecía un árbol. La carne, las verduras y demás se dejaban en el suelo para que fuesen pasto de los gatos y las ratas.

No teníamos agua caliente. Calentábamos el agua para fregar en ollas y, como a la hora de la comida no había sitio, casi todos los platos se lavaban con agua fría. Eso, con el jabón de mala calidad y el agua calcárea de París, equivalía a quitar la grasa con papel de periódico.

Estábamos tan escasos de ollas que tenía que lavarlas en cuanto la cocinera terminaba de guisar un plato, en lugar de dejarlas hasta la noche. Solamente en eso malgastaba una hora de trabajo.

Tanto habían ajustado los gastos al hacer las reformas que a las ocho casi siempre se fundía la luz de la cocina. El *patron* únicamente nos dejaba tener tres velas en la cocina, y la cocinera decía que tres traían mala suerte, así que usábamos dos.

El molinillo del café era prestado del *bistro* de al lado y las escobas y el cubo de la basura eran del conserje. Después de la primera semana, los de la lavandería se quedaron la mitad de los trapos y manteles hasta que pagasen la cuenta. Tuvimos dificultades con el inspector de trabajo, que había descubierto que no había ningún francés entre el personal; se entrevistó varias veces a solas con el *patron*, a quien, según creo, no le quedó más remedio que sobornarle. La compañía eléctrica seguía exigiendo el pago de las facturas y, cuando los acreedores descubrieron que les sobornábamos con *apéritifs*, empezaron a pasarse por el restaurante todas las mañanas. Debíamos dinero al verdulero y, si su mujer no se hubiese encaprichado con Jules, a quien enviaban todas las mañanas a engatusarla, habría dejado de vendernos a cuenta. Yo, por mi parte, tenía que malgastar una hora al día regateando el precio de las verduras en la rue du Commerce, para ahorrar unos pocos céntimos.

He ahí los resultados de inaugurar un restaurante con un capital insuficiente. Y, en esas condiciones, se suponía que la cocinera y yo teníamos que servir treinta o cuarenta comidas diarias, aunque luego acabamos sirviendo cien. Desde el primer día fue demasiado para nosotros. El horario de la cocinera era de ocho de la mañana a medianoche, y el mío de siete de la mañana a las doce y media de la noche: diecisiete horas y media casi sin descanso. Hasta las cinco de la tarde no teníamos tiempo de sentarnos un rato, e incluso entonces el único sitio disponible era el cubo de la basura. Boris, que vivía cerca y no tenía que coger el último metro para volver a casa, trabajaba de ocho de la mañana a dos de la madrugada: dieciocho horas al día, siete días a la semana. Horarios así, aunque no sean frecuentes, tampoco tienen nada de extraordinario en París.

Enseguida nos instalamos en una rutina que hacía que el trabajo en el Hôtel X. pareciera unas vacaciones. Todas las mañanas a las seis me obligaba a levantarme de la cama, no me afeitaba y solo me lavaba a veces, corría hasta la Place d'Italie y me peleaba por subir al metro. A las siete me encontraba ya en la desolación de la fría y sucia cocina, con las mondaduras de patata, los huesos y las espinas de pescado tiradas por el suelo, y una pila de platos, pegados por la grasa, que llevaban esperándome toda la noche. No podía empezar a fregar los platos, porque el agua estaba fría y tenía que ir a comprar leche y hacer el café, pues el resto del personal llegaba a las ocho y contaba con que estuviera listo. Además, siempre había varias cazuelas de cobre que limpiar. Esas cazuelas de cobre son la pesadilla del *plongeur*. Hay que restregarlas con arena y estropajo diez minutos cada una y luego sacarles brillo por fuera con pulimento Brasso. Por suerte, el arte de su fabricación se está perdiendo y han ido desapareciendo de las cocinas francesas, aunque todavía se encuentran de segunda mano.

Cuando empezaba a fregar los platos, la cocinera me pedía que pelara unas cebollas, y, cuando me ponía con las cebollas, el *patron* llegaba y me enviaba a comprar coles. Cuando volvía con las coles la mujer del *patron* me pedía que fuese a una tienda a media milla de distancia a comprarle un bote de colorete; cuando regresaba, había más verduras esperándome y los platos seguían sin fregar. De ese modo, por culpa de nuestra incompetencia, el trabajo se iba acumulando a lo largo del día y siempre íbamos con retraso.

Hasta las diez, la cosa era relativamente sencilla y, aunque trabajábamos deprisa, nadie se impacientaba. La cocinera encontraba tiempo para hablar de su naturaleza artística, preguntarme si Tolstói no me parecía *épatant* y cantar con una bonita voz de soprano mientras picaba ternera sobre la tabla. Sin embargo, a eso de las diez, los camareros empezaban a exigir su almuerzo, y a las once llegaban los primeros clientes. De pronto todo eran prisas y malhumor. No se oían los gritos ni existían los apremios del Hôtel X., pero imperaba un ambiente de confusión, mezquindad y exasperación. En el fondo, lo peor era la incomodidad. La cocina era tan estrecha que había que dejar los platos en el suelo y tener cuidado de no pisarlos. La cocinera me golpeaba con su inmenso trasero cada vez que se movía. De su boca brotaba un inacabable torrente de órdenes malhumoradas: «¡Serás idiota! ¿Cuántas veces te he dicho que las remolachas no se cortan? ¡Deprisa, déjame pasar al fregadero! Quita los cuchillos de ahí; sigue con las patatas. ¿Dónde has dejado el colador? ¡Oh!, deja en paz las patatas. ¿No te he dicho que espumaras el *bouillon*? Quita esa cazuela con agua de los fogones. Olvídate de fregar y pica el apio. No, así no, idiota, así. ¡Estate atento! ¡Mira cómo has dejado que se derrame el agua de los guisantes! ¡Ponte a trabajar y quítales las escamas a los arenques. Mira, ¿tú crees que este plato está limpio? Sécalo con el delantal. Deja la ensalada en el suelo. Ahí, muy bien, justo donde más fácil es que acabe pisándola. ¡Cuidado con esa cazuela, que se sale el agua! Pásame la sartén. No, la otra. Pon esto en la parrilla. Tira esas patatas. No pierdas tiempo, tíralas al suelo. Písalas y echa un poco de serrín; este suelo parece una pista de patinaje. ¡Mira, idiota, se quema el filete! *Mon Dieu*, ¿por qué me habrán enviado a un *plongeur* tan inútil? ¿Con quién te crees que estás hablando? ¿Te das cuenta de que mi tía era una condesa rusa?», etc., etc., etc.

Seguíamos así hasta las tres de la tarde sin demasiadas variaciones, excepto que, a eso de las once, la cocinera casi siempre tenía una *crise de nerfs* y sus ojos se anegaban en lágrimas. De las tres a las cinco, los camareros no tenían demasiado trabajo, pero la cocinera seguía ocupada, y yo tenía que darme más prisa que nunca porque había una pila de platos sucios esperándome y había que fregarlos, al menos una parte, antes de que empezara la cena. El trabajo se duplicaba por lo precario de las condiciones: el escurreplatos lleno, el agua tibia, los trapos mojados y el fregadero que se embozaba una vez cada hora. A las cinco, la cocinera y yo apenas nos teníamos en pie, pues no habíamos probado bocado ni nos habíamos sentado desde las siete. Nos desplomábamos, ella en el cubo de la basura y yo en el suelo, bebíamos una botella de cerveza y nos disculpábamos por algunas de las cosas que nos habíamos dicho esa mañana. El té nos ayudaba a seguir. Siempre teníamos una tetera llena y bebíamos litros al día.

A las cinco y media volvían a empezar las prisas y las discusiones, y entonces era aún peor, porque todo el mundo estaba cansado. La cocinera tenía una *crise de nerfs* a las seis y otra a las nueve; se producían con tanta regularidad que se podía saber la hora. Se sentaba en el cubo de la basura, empezaba a llorar como una histérica y gritaba que nunca, no, nunca había imaginado que acabaría teniendo una vida así; sus nervios no lo resistirían; ella había estudiado música en Viena; tenía que mantener un marido enfermo, etc., etc. En otras circunstancias, nos habría inspirado lástima, pero, con lo cansados que estábamos, su voz quejosa nos enfurecía. Jules se plantaba en el umbral e imitaba sus llantos. La mujer del *patron* no paraba de regañarnos, y Boris y Jules se pasaban el día discutiendo porque Jules se escaqueaba del trabajo, y Boris, como camarero jefe, se llevaba la mayor parte de las propinas. El segundo día después de abrir el restaurante, se liaron a golpes en la cocina por una propina de dos francos y la cocinera y yo tuvimos que separarlos. El único que no perdía nunca la compostura era el *patron*. Tenía el mismo horario que nosotros, pero no hacía nada porque la que gestionaba de verdad el local era su mujer. Su único trabajo, aparte de hacer los pedidos, era plantarse en el bar a fumar cigarrillos con aire distinguido, y lo hacía a la perfección.

La cocinera y yo por lo general encontrábamos un rato para cenar entre las diez y las once. A medianoche, la cocinera robaba un paquete de comida para su marido, se lo metía debajo de la ropa y se iba quejándose de que ese horario acabaría matándola y diciendo que se despediría por la mañana. Jules también se iba a medianoche, por lo general después de discutir con Boris, que tenía que quedarse en el bar hasta las dos. Entre las doce y las doce y media, yo procuraba lavar todo lo que podía. No había tiempo de hacer las cosas bien, y casi siempre me limitaba a quitar la grasa de los platos con las servilletas. En cuanto a la porquería del suelo, la dejaba allí o la barría debajo de los fogones.

A las doce y media me ponía el abrigo y salía corriendo. El *patron*, tan zalamero como siempre, me paraba al verme salir por el bar. «*Mais mon cher monsieur*, ¡parece usted agotado! Hágame el favor de aceptar esta copa de brandy.»

Me daba la copa con tanta cortesía como si yo fuese un duque ruso en lugar de un *plongeur*. A todos nos trataba igual. Era nuestra compensación por trabajar diecisiete horas diarias.

Normalmente, el último metro iba casi vacío: una gran ventaja porque podías sentarte y dormir un cuarto de hora. Por regla general me acostaba a la una y media. A veces perdía el tren y tenía que dormir en el suelo del restaurante, pero me daba igual porque a esas alturas lo mismo podría haber dormido sobre los adoquines.

XXI

Ese tipo de vida continuó unas dos semanas, aunque el trabajo aumentó un poco a medida que fueron llegando nuevos clientes al restaurante. Podría haber ahorrado una hora al día si hubiese alquilado una habitación cerca del restaurante, pero era imposible encontrar tiempo para la mudanza, o, ya puestos, para cortarme el pelo, leer el periódico o incluso desvestirme del todo. Al cabo de diez días me las arreglé para tener un cuarto de hora libre y escribí a mi amigo B. en Londres para preguntarle si podría encontrarme algún trabajo, lo que fuese, con tal de que pudiera dormir más de cinco horas al día. Sencillamente, no podía seguir trabajando diecisiete horas al día, aunque hay mucha gente que no lo ve tan mal. Cuando se tiene exceso de trabajo, el mejor modo de dejar de sentir compasión por uno mismo es pensar en los miles de personas que tienen esos horarios en los restaurantes parisinos y que pasan así, no unas pocas semanas, sino años. Había una joven en un *bistro* cerca de mi hotel que llevaba un año entero trabajando de siete de la mañana a medianoche y que solo descansaba para comer. Recuerdo que una vez que la invité a ir a bailar, se rió y me contestó que hacía meses que no había ido más allá de la esquina. Tenía tuberculosis y murió poco después de marcharme de París.

Al cabo de solo una semana estábamos todos neurasténicos por el cansancio, menos Jules, que continuaba escaqueándose.

Las discusiones, que al principio eran esporádicas, se volvieron continuas. Durante horas había que soportar una llovizna de inútiles reproches que cada pocos minutos se convertía en una tormenta de insultos. «¡Bájame esa sartén, idiota!», gritaba la cocinera (no era lo bastante alta para llegar a los estantes donde estaban las sartenes). «Bájala tú, puta vieja», respondía yo. Semejantes observaciones parecen generarse de forma espontánea en el ambiente de la cocina.

Discutíamos por trivialidades inconcebibles. El cubo de la basura, por ejemplo, era una fuente inagotable de disputas: donde yo lo quería, molestaba a la cocinera, y quería que lo pusiéramos entre mi sitio y el fregadero. Una vez se quejó tanto que al final, por pura rabia, lo levanté y lo dejé en mitad de la cocina, donde más molestaba.

«Y ahora, vaca gorda —dije—, cámbialo de sitio tú.»

Pesaba demasiado para ella, así que la pobre mujer se sentó, apoyó la cabeza en la mesa y rompió a llorar. Y yo me burlé de ella. He ahí los efectos del cansancio sobre los buenos modales.

Pasados unos días, la cocinera dejó de hablar de Tolstói y de su naturaleza artística y no volvimos a dirigirnos la palabra como no fuera por cuestiones del trabajo, Boris y Jules tampoco se hablaban y ninguno de los dos se hablaba con la cocinera. Incluso Boris y yo apenas nos hablábamos. Habíamos acordado de antemano no tener en cuenta las *engueulades* del trabajo cuando estuviésemos disfrutando de nuestro tiempo libre, pero nos habíamos dicho cosas demasiado atroces para olvidarlas, y además no teníamos tiempo libre. Jules se fue volviendo cada vez más perezoso y no hacía más que robar comida, por sentido del deber, decía. Nos llamaba *jaunes* (esquiroles) por no robar como él. Tenía un espíritu extraño y perverso. Me contó que a veces, por puro orgullo, escurría un trapo sucio en la sopa de algún cliente antes de servírsela, solo para vengarse de un miembro de la burguesía.

La cocina cada vez estaba más sucia y las ratas se fueron volviendo atrevidas, y eso que atrapamos a unas cuantas. Al observar aquel cuartucho inmundo, con trozos de carne cruda tirados entre la basura del suelo, las sartenes frías con pegotes de suciedad y el fregadero embozado y cubierto de grasa, me preguntaba si habría algún otro restaurante en el mundo tan malo como el nuestro. Pero los demás respondían que habían estado en sitios peores. A Jules le gustaba que todo estuviese sucio. Por las tardes, cuando no tenía mucho trabajo, se plantaba en la puerta de la cocina y se burlaba de nosotros por trabajar tanto.

«¡Idiota! ¿Para qué friegas ese plato? Frótatelo en los pantalones. ¿Qué más te dan los clientes? Si no se enteran de nada. ¿Cómo te crees que funciona un restaurante? Estás trinchando un pollo y se te cae al suelo. Te disculpas, haces una reverencia, sales; y, a los cinco minutos, vuelves por otra puerta… con el mismo pollo. En eso consiste trabajar en un restaurante», etc.

Y, por raro que parezca, a pesar de toda esa suciedad e incompetencia, el Auberge de Jehan Cottard llegó a tener éxito. Los primeros días todos los clientes fueron rusos, amigos del *patron*, y luego empezaron a llegar norteamericanos y otros extranjeros, pero ningún francés. Luego, una noche, se produjo una gran agitación porque había llegado nuestro primer cliente francés. Por un rato, olvidamos nuestras disputas y unimos nuestros esfuerzos por servir una buena cena. Boris entró de puntillas en la cocina, movió el pulgar por encima del hombro y susurró en tono conspiratorio: «Sh! Attention, un Français!».

Poco después, entró la mujer del *patron* y susurró: «*Attention, un Français!* Aseguraos de servirle doble ración de verduras».

Mientras el francés comía, la mujer del *patron* se plantó detrás de la rejilla de la puerta de la cocina a observar la expresión de su rostro. La noche siguiente el francés regresó con otros dos compatriotas. Eso significaba que empezábamos a tener buena reputación; el indicio más seguro de un mal restaurante es que solo lo frecuenten extranjeros. Es probable que parte de nuestro éxito se debiese a que el *patron*, en el único destello de sensatez que demostró al montar el restaurante, había comprado cuchillos de mesa muy bien afilados. Los cuchillos afilados, por supuesto, son el secreto del éxito de cualquier restaurante. Me alegro de que así fuese, porque destruyó uno de mis mitos, en concreto la idea de que los franceses saben apreciar la buena comida. O puede que, después de todo, fuésemos un buen restaurante para los estándares parisinos, en cuyo caso no quiero imaginarme cómo serán los malos.

Al cabo de unos días de escribir a B., respondió diciendo que podía conseguirme un empleo consistente en cuidar de un retrasado mental de nacimiento, lo cual me pareció una espléndida cura de reposo después del Auberge de Jehan Cottard. Me imaginé paseando ocioso por los caminos campestres, golpeando los cardos con mi bastón, alimentándome de cordero asado y pastel de melaza, y durmiendo diez horas al día en sábanas con aroma de lavanda. B. me envió un billete de cinco libras para pagarme el pasaje y desempeñar la ropa, y, en cuanto recibí el dinero, di un día de preaviso y me despedí del restaurante. Mi marcha puso al *patron* en una situación embarazosa, pues, como de costumbre, no tenía ni un penique y tuvo que pagarme treinta francos menos. No obstante, me invitó a una copa de brandy Courvoisier del 48, y creo que pensó que con eso la deuda estaba saldada. En mi lugar contrataron a un checo, un *plongeur* muy competente, y a la pobre cocinera la despidieron unas semanas después. Más tarde oí que, con dos empleados de primera en la cocina, la jornada del *plongeur* se había reducido a quince horas al día. Menos habría sido imposible sin modernizar la cocina.

XXII

Por si a alguien le interesan, quiero dejar constancia de mis opiniones sobre la vida del *plongeur* parisino. Si se para uno a pensarlo, resulta raro que, en una gran ciudad moderna, miles de personas se pasen las horas fregando platos en asfixiantes madrigueras subterráneas. Lo que me pregunto es por qué aún hay gente que lleva una vida así, qué propósito cumple, y a quién le interesa que la situación perdure y por qué. No es mi intención adoptar una actitud puramente rebelde y *fainéant*, sino tratar de entender la importancia social de la vida del *plongeur*.

Creo que hay que empezar diciendo que el *plongeur* es uno de los esclavos del mundo moderno. Tampoco hay que lloriquear por él, porque gana más que muchos obreros manuales, pero lo cierto es que goza de tan poca libertad como si lo compraran y vendieran. Su trabajo es servil y no requiere ninguna habilidad especial; se le paga lo justo para mantenerlo con vida; sus únicas vacaciones son el despido. No puede casarse a no ser que su mujer también trabaje. Salvo por un golpe de suerte, su única escapatoria a ese tipo de vida es la cárcel. En este momento hay titulados universitarios fregando platos en París diez o quince horas al día. No puede acusárseles de holgazanes, pues ningún holgazán podría trabajar de *plongeur*; simplemente se han visto atrapados en una rutina en la que pensar es imposible. Si los *plongeurs* pensaran, hace mucho que habrían fundado un sindicato y se habrían puesto en huelga para exigir un trato mejor. Pero no piensan porque no tienen tiempo; su vida los ha convertido en esclavos.

La pregunta es: ¿por qué subsiste esa esclavitud? La gente tiende a dar por descontado que todas las ocupaciones existen por una buena razón. Ve a otra persona haciendo un trabajo desagradable y cree resolver la cuestión afirmando que dicha ocupación es necesaria. La minería del carbón, por ejemplo, es dura, pero necesaria: necesitamos carbón. Trabajar en las alcantarillas es desagradable, pero alguien tiene que hacerlo. Y lo mismo con la labor del *plongeur*. Hay quien tiene que comer en restaurantes y por tanto otros tienen que fregar platos ochenta horas a la semana. Es fruto de la civilización, y por tanto indiscutible. Vale la pena pararse a pensarlo.

¿De verdad el trabajo del *plongeur* es necesario para la civilización? Tenemos la vaga sensación de que debe ser un trabajo honrado, porque es cansado y desagradable, y hemos hecho una especie de fetiche del trabajo manual. Vemos a un hombre talar un árbol y, solo porque usa los músculos, nos convencemos de que está cumpliendo con una necesidad social; no se nos ocurre que tal vez esté talando un hermoso árbol para hacer sitio a una estatua horrible. Creo que lo mismo sucede con el *plongeur*. Se gana el pan con el sudor de su frente, pero de eso no se deduce que esté haciendo nada útil; puede que solo esté proporcionando un lujo que, a menudo, ni siquiera es un lujo.

Para entender a qué me refiero con los lujos que no son lujos, tomemos un caso extremo que rara vez se ve en Europa. Pensemos en un conductor de *rickshaw* de la India, o en los ponis que tiran de los palanquines. En cualquier ciudad de Extremo Oriente hay cientos de conductores de *rickshaws*, hombres atezados e infortunados que pesan menos de cincuenta kilos y solo llevan un taparrabos. Algunos están enfermos; otros tienen más de cincuenta años. Trotan millas y millas bajo el sol y la lluvia, y tiran cabizbajos de las pértigas, mientras el sudor les gotea de los bigotes canosos. Si van demasiado despacio el pasajero les llama *bahinchut*. Ganan treinta o cuarenta rupias al mes y, a los pocos años, tienen deshechos los pulmones. Los ponis de palanquín son animales escuálidos y con mal genio que se venden baratos porque ya no podrán trabajar mucho más tiempo. Sus amos recurren al látigo como sustituto de la comida. Su trabajo se expresa en una especie de ecuación: látigo más comida igual a energía; por lo general reciben un sesenta por ciento de latigazos y un cuarenta por ciento de comida. A veces el cuello se les llaga y tiran todo el día con los arreos clavados en la carne viva. Aun así, se les puede obligar a trabajar: todo es cuestión de azotarlos con tanta fuerza que el dolor de los latigazos supere al del cuello. Al cabo de unos años, incluso el látigo pierde esa virtud y el poni va directo al matadero. Ambas cosas son ejemplos de trabajos innecesarios; pues no hay por qué tener *rickshaws* o palanquines; si existen es solo porque los orientales consideran que andar es vulgar. Son lujos, y como sabe cualquiera que haya montado en ellos, lujos muy relativos. Proporcionan una pequeña comodidad que de ningún modo compensa el sufrimiento de hombres y animales.

Algo parecido ocurre con el *plongeur*. Comparado con el conductor de un *rickshaw* o con un poni de palanquín es un rey, pero su caso es análogo. Es el esclavo del hotel o el restaurante, y su esclavitud es más o menos inútil. Al fin y al cabo, ¿qué necesidad real hay de tener grandes hoteles y restaurantes elegantes? Se supone que ofrecen lujos, pero en realidad proporcionan solo una imitación vulgar y barata del lujo. Casi todo el mundo odia los hoteles. Unos restaurantes son mejores que otros, pero, por el mismo gasto, es imposible comer tan bien en un restaurante como en una casa particular. Sin duda es necesario que haya hoteles y restaurantes, pero no lo es que esclavicen a cientos de personas. Lo que más trabajo da en ellos no es lo esencial, sino la falsa pretensión del lujo. Esa supuesta elegancia en realidad significa solo que el personal trabaja más y que el cliente paga más; el único que se beneficia es el propietario, que no tarda mucho en comprarse una villa en Deauville. En esencia, un hotel elegante es un lugar donde un centenar de personas trabajan como demonios para que otras doscientas apoquinen por cosas que no necesitan. Si se suprimieran todas esas tonterías de los hoteles y los restaurantes y el trabajo se hiciese con eficacia, los *plongeurs* podrían trabajar seis u ocho horas diarias en lugar de diez o quince.

Aceptemos que el trabajo del *plongeur* es más o menos inútil. La pregunta que se plantea inevitablemente es por qué iba a querer nadie que continuara existiendo ese trabajo. Intento ir más allá de la causa económica y considerar qué satisfacción puede obtener nadie al pensar que hay gente que se pasa la vida fregando platos. Pues no cabe duda de que hay gente —gente acomodada— a la que le gusta pensarlo. Un esclavo, dijo Catón el Viejo, debería estar trabajando siempre que no esté durmiendo. Da igual que su trabajo sea necesario o no, debe trabajar, porque el trabajo es bueno en sí mismo, al menos para los esclavos. Esa idea pervive todavía y ha propiciado una enorme cantidad de servidumbre inútil.

Creo que el instinto de perpetuar trabajos inútiles es, en el fondo, simple temor a la masa. La masa (o eso se tiende a pensar) es un animal tan rastrero que sería peligrosa si dispusiera de tiempo libre; es mejor tenerla tan ocupada que no pueda pensar. A cualquier hombre rico e intelectualmente sincero al que se le pregunte sobre la mejora de las condiciones laborales, responderá por lo general algo así:

«Nos consta que la pobreza es desagradable; de hecho, como nos resulta algo tan lejano, nos gusta conmovernos ante lo desagradable que puede llegar a ser. Pero no penséis que vamos a hacer nada por remediarla. Lo sentimos por vosotros, las clases inferiores, igual que nos inspira lástima un gato sarnoso, pero nos opondremos a cualquier mejora de vuestra situación. Así nos sentimos más seguros. La situación actual nos conviene y no vamos a correr el riesgo de liberaros, ni siquiera una hora al día. Así que, queridos hermanos, como es evidente que tenéis que sudar para pagarnos nuestros viajes a Italia, sudad y fastidiaos».

He ahí la actitud de la gente inteligente y cultivada, tal como en esencia puede leerse en un sinfín de libros. Muy poca gente cultivada gana menos de (digamos) cuatrocientas libras al año y, como es natural, se pone de lado de los ricos porque imagina que cualquier libertad que se conceda a los pobres es una amenaza a su propia libertad. Al pensar que la alternativa es alguna desolada utopía marxista, el hombre cultivado prefiere dejar las cosas como están. Es posible que su amigo el rico no le sea muy simpático, pero da por sentado que hasta el más vulgar de ellos se opone menos a sus placeres y es más parecido a él que los pobres, por lo que le conviene ponerse de su parte. Este temor a una turba supuestamente peligrosa es la razón de que casi todas las personas inteligentes tengan ideas conservadoras.

El miedo a la plebe es un temor supersticioso. Se basa en la idea de que hay alguna diferencia misteriosa y fundamental entre ricos y pobres, como si se tratase de dos razas diferentes, igual que los negros y los blancos. Pero, en realidad, dicha diferencia no existe. La masa de los ricos y los pobres se diferencia solo en sus ingresos, y el millonario medio no es más que el friegaplatos medio con un traje elegante. Cámbialos de sitio y, ¡tachán!, ¿quién es el juez y quién el ladrón? Cualquiera que se haya relacionado en términos de igualdad con los pobres lo sabe de sobra. Pero lo malo es que las personas inteligentes y cultivadas, justo las que deberían tener ideas liberales, no se mezclan nunca con los pobres. ¿Qué sabe la mayor parte de la gente cultivada de la pobreza? En mi ejemplar de los poemas de Villon el editor ha creído conveniente explicar el verso «Ne pain ne voyent qu'aux fenestres», con una nota a pie de página; así de inconcebible es el hambre para el hombre educado. El miedo supersticioso a la plebe nace de forma natural de esa ignorancia. El hombre educado imagina una horda de seres infrahumanos que exige un día libre para tener tiempo de saquear su casa, quemar sus libros y ponerle a trabajar reparando una máquina o fregando unos lavabos. «Cualquier cosa —piensa—, cualquier injusticia, antes que liberar a la plebe.» No comprende que, dado que no hay diferencia entre la masa de los ricos y los pobres, no se trata de liberar o no a la plebe. De hecho, ya está liberada y —al estilo de los ricos— está utilizando su poder para establecer enormes tinglados, como los hoteles elegantes, donde imperan la explotación y el aburrimiento.

En resumen, un *plongeur* es un esclavo desaprovechado, que lleva a cabo trabajos estúpidos y en gran parte innecesarios. En definitiva, se le obliga a trabajar por una vaga intuición de que, si tuviese tiempo libre, sería peligroso. Y la gente cultivada, que debería estar de su lado, lo consiente porque no lo conoce y en consecuencia le teme. Digo esto del *plongeur* porque es el caso que estábamos considerando, pero podría decirse lo mismo de incontables tipos de trabajadores. Estas son solo mis opiniones, sin duda bastante tópicas, sobre los hechos básicos de la vida del *plongeur*, sin hacer referencia a las condiciones económicas inmediatas. Las expongo como ejemplo de lo que se le pasa a uno por la cabeza cuando trabaja en un hotel.

XXIII

En cuanto dejé el Auberge de Jehan Cottard me metí en la cama y dormí casi veinticuatro horas seguidas. Luego me lavé los dientes por primera vez en dos semanas, me bañé, fui a cortarme el pelo y desempeñé mi ropa. Pasé dos días maravillosos sin hacer nada. Incluso me pasé por el Auberge con mi mejor traje, me apoyé en la barra y gasté cinco francos en una botella de cerveza inglesa. Ser cliente de un sitio donde se ha sido el esclavo de un esclavo es una sensación curiosa. Boris parecía decepcionado de que hubiese dejado el restaurante justo cuando estábamos *lancés* y teníamos la oportunidad de ganar dinero. He sabido de él hace poco y me ha contado que gana cien francos al día y que tiene una amante *très serieuse* que nunca huele a ajo.

Pasé un día deambulando por el barrio y despidiéndome de todos. Fue entonces cuando Charlie me contó la muerte del viejo Roucolle el avaro que había vivido en el barrio. Es muy probable que mintiera, como de costumbre, pero es una buena historia.

Roucolle murió a los setenta y cuatro años, uno o dos antes de mi llegada a París, pero la gente aún seguía hablando de él. Nunca llegó a superar a Daniel Dancer ni a nadie como él, pero era un personaje interesante. Iba todas las mañanas a Les Halles a recoger las verduras podridas, se alimentaba de comida para gatos y usaba periódicos en lugar de ropa interior, utilizaba como leña el revestimiento de madera de su habitación y se había fabricado unos pantalones con tela de saco, y eso a pesar de que tenía medio millón de francos en acciones. Me habría gustado mucho conocerlo.

Como muchos avaros, Roucolle acabó mal, pues invirtió todo su dinero en un proyecto descabellado. Un día apareció en el barrio un judío, un joven práctico con un plan de primera para introducir cocaína de contrabando en Inglaterra. Por descontado, es fácil comprar cocaína en París y colarla de contrabando no debería ser difícil, pero siempre hay algún entrometido que acaba yéndoles con el cuento a los aduaneros o a la policía. Se dice que a menudo los soplones son los mismos que venden la cocaína, porque el contrabando está en manos de una gran organización que no quiere que nadie les haga la competencia. No obstante, el judío juró que no había ningún peligro. Podía conseguir la cocaína directamente en Viena, sin recurrir a los canales habituales, por lo que no tendrían que pagar sobornos. Se puso en contacto con Roucolle a través de un joven polaco, que era estudiante en la Sorbona y que estaba dispuesto a invertir cuatro mil francos en el plan si Roucolle invertía seis mil. Con eso podrían comprar diez libras de cocaína que sería una pequeña fortuna en Inglaterra.

El polaco y el judío se las vieron y se las desearon para sacarle el dinero a Roucolle. Seis mil francos no era mucho —tenía más cosido en el colchón de su habitación—, pero para él era una agonía desprenderse de un solo sou. El polaco y el judío pasaron semanas con él, explicándole, amenazándole, presionándole, discutiendo e hincándose de rodillas para implorarle que les diese el dinero. El anciano estaba dividido entre el miedo y la codicia. Se le encogía el estómago ante la perspectiva de obtener unos beneficios de casi cincuenta mil francos, pero no se atrevía a arriesgar el dinero. Se sentaba en un rincón con la cabeza entre las manos, gimoteando y aullando de sufrimiento, y a veces se arrodillaba (era muy piadoso) y rezaba pidiendo fuerzas, pero seguía sin reunir el valor suficiente. Por fin, más por cansancio que por otra cosa, cedió, rajó el colchón donde ocultaba el dinero y le dio los seis mil francos al judío.

Este entregó la cocaína el mismo día y desapareció. Entretanto, como era de esperar con el revuelo que había organizado Roucolle, todo el barrio se había enterado de sus planes. A la mañana siguiente, la policía hizo una redada y registró el hotel.

Roucolle y el polaco estaban angustiadísimos. La policía estaba abajo, registrando todas las habitaciones y ellos tenían un enorme paquete de cocaína sobre la mesa, no podían esconderlo en ningún sitio y tampoco podían huir por las escaleras. El polaco propuso tirarlo por la ventana, pero Roucolle no quiso ni oír hablar del asunto. Charlie me contó que había presenciado la escena y que, cuando intentaron quitarle el paquete, se abrazó a él y se debatió como un loco a pesar de que tenía setenta y cuatro años. Estaba loco de terror, pero prefería ir a la cárcel a desperdiciar su dinero.

Por fin, mientras la policía registraba el piso de abajo, alguien tuvo una idea. Un hombre que vivía en el mismo piso que Roucolle tenía doce botes de polvos cosméticos que vendía a comisión; se les ocurrió meter la cocaína en los botes y hacerla pasar por maquillaje. Tiraron los polvos por la ventana, los reemplazaron por la cocaína y luego dejaron los botes sobre la mesa de Roucolle, como si no tuvieran nada que ocultar. A los pocos minutos llegó la policía a registrar la habitación de Roucolle. Golpearon las paredes, comprobaron la chimenea, vaciaron los cajones y miraron debajo de los tablones del suelo, y por fin, cuando estaban a punto de abandonar, el inspector reparó en los botes que había sobre la mesa.

—*Tiens* —dijo—, echad un vistazo a esos botes, no me había fijado. ¿Qué contienen?

—Polvos cosméticos —respondió el polaco haciendo acopio de calma.

No obstante, en ese momento Roucolle soltó un audible gemido de alarma y la policía sospechó al instante. Abrieron uno, vaciaron el contenido y, después de olisquearlo, el inspector afirmó que, en su opinión, era cocaína. Roucolle y el polaco empezaron a jurar por todos los santos que solo eran polvos cosméticos; pero no sirvió de nada, cuanto más se quejaban más sospechaba la policía. Los detuvieron a los dos y los llevaron a comisaría seguidos por medio barrio.

En comisaría, el comisario interrogó a Roucolle y al polaco mientras enviaban a analizar la cocaína. Charlie me contó que la escena que organizó Roucolle superaba toda descripción posible. Lloró, rezó, hizo declaraciones contradictorias y acusó al polaco desde el principio en voz tan alta que lo oyeron una calle más abajo. Los policías casi se desternillan de risa.

Al cabo de una hora llegó un policía con la lata de cocaína y una nota del laboratorio. Estaba riéndose.

—No es cocaína, *monsieur* —afirmó.

—¿Cómo? ¿No es cocaína? —preguntó el comisario—. *Mais alors*, ¿qué es?

—Polvos cosméticos.

A Roucolle y al polaco los pusieron en libertad al instante, libres de cargos, pero muy enfadados. El judío les había engañado. Luego, cuando se calmó el revuelo, supieron que les había gastado la misma jugarreta a otras dos personas en el barrio.

El polaco se alegró de haber salido bien librado, aunque hubiese perdido los cuatro mil francos, pero el pobre Roucolle quedó deshecho. Se metió en la cama y todo ese día y la mitad de la noche lo oyeron dar vueltas, murmurar y a veces exclamar a voz en grito: «¡Seis mil francos! *Nom de Jésus Christ!* ¡Seis mil francos!».

Tres días después, sufrió una especie de ataque y al cabo de quince días había muerto; con el corazón destrozado, según Charlie.

XXIV

Viajé a Inglaterra en tercera clase, vía Dunkerque y Tilbury, el modo más barato y no el peor de cruzar el Canal. Para ir en camarote había que pagar un suplemento, así que dormí en el salón con la mayoría de los pasajeros de tercera clase. He encontrado esta entrada en mi diario de aquel día:

«He dormido en el salón del barco con veintisiete hombres y dieciséis mujeres. Ni una sola de ellas se ha lavado la cara por la mañana. Casi todos los hombres han ido al baño; las mujeres se han limitado a sacar la polvera y cubrir la porquería con polvos cosméticos. P. ¿Será una diferencia sexual secundaria?».

En el viaje conocí a una pareja de rumanos, unos críos, que iban a Inglaterra de luna de miel. Me hicieron muchas preguntas sobre Inglaterra, y les conté algunas mentiras increíbles. Estaba tan feliz de volver a casa, después de pasar tantos meses sin un céntimo en una ciudad extranjera, que Inglaterra se me antojaba una especie de paraíso. En Inglaterra hay muchas cosas que son un motivo de alegría al volver a casa: cuartos de baño, sillones de orejas, salsa de menta, patatas nuevas bien cocinadas, pan moreno, mermelada de naranja, cerveza elaborada con lúpulo auténtico, todo eso es maravilloso si te lo puedes permitir. Inglaterra es un país estupendo si no eres pobre; y, por supuesto, con un retrasado mental de nacimiento a mi cuidado, yo no iba a serlo. La idea de no ser pobre hacía que me sintiera muy patriótico. Cuantas más preguntas me hacían los rumanos, más alababa yo Inglaterra: el clima, el paisaje, el arte, la literatura, las leyes… todo era perfecto.

¿Era buena la arquitectura inglesa?, preguntaban los rumanos. «¡Espléndida! —respondía yo—. ¡Esperad a ver las estatuas londinenses! París es vulgar, mitad grandiosidad y mitad barrios bajos. En cambio, Londres…»

Luego el barco atracó en el muelle de Tilbury. El primer edificio que vimos en el puerto fue uno de esos enormes hoteles cubiertos de estuco y pináculos que se asoman a la costa inglesa como idiotas acodados a la tapia del manicomio. Vi que los rumanos, demasiado educados para decir nada, miraban horrorizados el hotel. «Es obra de arquitectos franceses», les aseguré; e incluso después, cuando el tren se arrastraba hacia Londres por las barriadas pobres de la parte este de la ciudad, continué departiendo sobre la belleza de la arquitectura inglesa. Todo me parecía poco, ahora que volvía a casa sin apuros económicos.

Fui al despacho de B., y sus primeras palabras lo echaron todo por tierra. «Lo siento —dijo—, los que iban a contratarte se han ido al extranjero y se han llevado al paciente consigo. De todos modos, volverán dentro de un mes. Podrás aguantar, ¿no?»

Volví a la calle sin caer en pedirle dinero prestado. Tenía un mes por delante y exactamente diecinueve chelines y medio en el bolsillo. La noticia me había dejado sin aliento. Tardé mucho tiempo en decidir qué hacer. Pasé el día deambulando por la calle y de noche, como no tenía ni idea de cómo buscar un hotel barato en Londres, me hospedé en un hotel familiar, que costaba siete chelines y medio. Después de pagar me quedaron doce chelines. Por la mañana ya había trazado un plan. Antes o después, tendría que volver a pedirle dinero a B., pero en ese momento no me pareció decoroso, así que tendría que contentarme con vivir a salto de mata. Mis vivencias pasadas me desaconsejaban empeñar mi mejor traje. Dejaría todas mis cosas en la consigna de la estación, excepto mi otro traje, que podía cambiar por ropa más barata y tal vez una libra. Si iba a vivir un mes con treinta chelines tendría que vestir ropa de mala calidad, de hecho de cuanta peor calidad fuese mejor. No tenía ni idea de si podría resistir un mes con ese dinero, pues no conocía Londres tan bien como París. Tal vez podría mendigar o vender cordones de botas y también recordé los artículos que había leído en los periódicos dominicales sobre mendigos que tenían dos mil libras cosidas en el forro de los pantalones. En cualquier caso, era notorio que en Londres era imposible pasar hambre, así que no tenía de qué preocuparme.

Para vender la ropa fui a Lambeth, un barrio pobre donde abundan los traperos. En la primera tienda donde probé suerte el dueño fue educado, pero no pudo ayudarme; el de la segunda fue muy grosero; el de la tercera estaba sordo como una tapia o fingió serlo; el cuarto tendero era un joven rubio y grandullón con la cara sonrosada como una loncha de jamón cocido. Miró la ropa que llevaba puesta, la tocó con desprecio con el dedo índice y el pulgar y a pesar de que se trataba de un traje bastante bueno dijo:

—Es de mala calidad. ¿Cuánto quiere por él?

Le respondí que quería ropa vieja y el dinero que pudiera darme. Se quedó pensando un momento, luego sacó unos harapos sucios y los puso sobre el mostrador.

—¿Y el dinero? —pregunté con la esperanza de que me daría una libra.

Frunció los labios, luego sacó un chelín y lo puso al lado de la ropa. No discutí. Iba a hacerlo, pero alargó la mano como para volver a coger el chelín; comprendí que no tenía ninguna posibilidad. Dejó que me cambiara en un cuartito.

Me dio un abrigo que había sido marrón oscuro, unos pantalones de peto negros, una bufanda y un gorro de tela. Conservé la camisa, los calcetines y las botas, y un peine y una cuchilla de afeitar que llevaba en el bolsillo. Vestir así produce una sensación extraña. Había llevado ropa muy mala en otras ocasiones, pero no se podía comparar a aquella; no es que estuviese sucia y deformada, sino que tenía, ¿cómo decirlo?, una falta de gracia y una pátina de auténtica mugre muy diferente a la simple suciedad. Era la ropa de un vendedor de cordones de botas o un mendigo. Una hora más tarde, en Lambeth, vi a un hombre cabizbajo, evidentemente un mendigo, que venía hacia mí, y luego, al fijarme mejor, reparé en que era yo reflejado en un escaparate. La suciedad había empezado a adherirse ya a mi cara. La suciedad es muy respetuosa; si vas bien vestido, te deja en paz, pero en cuanto te quitas el cuello de la camisa vuela hacia ti desde todas partes.

Seguí en la calle, sin dejar de andar, hasta que se hizo de noche. Vestido como iba, temí que la policía me detuviese por vagabundo, y no me atreví a hablar con nadie por miedo a que repararan en la diferencia que había entre mi ropa y mi acento. (Luego descubrí que nadie se daba cuenta.) Aquella ropa me había transportado como por ensalmo a otro mundo. La gente parecía mirarme de pronto con otros ojos. Ayudé a un vendedor ambulante al que se le había volcado la carretilla. «Gracias, compadre», dijo con una sonrisa. Nadie me había llamado así en mi vida, la culpa era de la ropa. Reparé también por primera vez en cómo cambia la actitud de las mujeres. Si pasa a su lado un hombre mal vestido, se apartan estremecidas de él con asco, como si fuese un gato muerto. La ropa es algo muy poderoso. Es muy difícil, al menos el primer día, no sentirse verdaderamente humillado cuando se lleva la ropa de un mendigo. Debe de ser una vergüenza similar, irracional, pero real, a la que se siente al pasar la primera noche en la cárcel.

A eso de las once, empecé a buscar alojamiento. Sabía que había pensiones de mala muerte (a las que, dicho sea de paso, nadie llama así) en las que se puede dormir por unos cuatro peniques la noche. Vi a un hombre, una especie de peón, en el bordillo de Waterloo Road, me detuve y le pregunté. Le dije que estaba sin un céntimo y que necesitaba alojarme en el sitio más barato posible.

«¡Ah! —respondió—, ve a esa casa de ahí enfrente, la que tiene el cartel de "Camas para hombres solteros". Es un buen sitio. Yo he dormido en él alguna vez. Es limpio y barato.»

Era una casa alta y destartalada, con luces mortecinas en las ventanas y algunas tapadas con papel de estraza. Entré por un pasillo de piedra, y un joven lánguido con ojos soñolientos asomó por una puerta que llevaba a un sótano donde se oían murmullos y del que salió una ráfaga de aire caliente con olor a queso. El joven bostezó y extendió la mano.

—¿Quiere una piltra, jefe? Es un chelín.

Le di la moneda y el joven me guió por una escalera desvencijada y sin luz hasta un dormitorio que despedía un hedor dulzón a tintura de opio y ropa sucia; la ventana parecía cerrada a cal y canto, y el aire al entrar resultaba casi sofocante. Había una vela encendida y vi que la habitación medía quince pies cuadrados por ocho de alto y que en ella había ocho catres. Había ya seis personas acostadas, con la ropa y las botas puestas. Alguien tosía de un modo espantoso en un rincón.

Cuando me metí en la cama descubrí que era tan dura como una tabla y que la almohada era un cilindro como un bloque de madera. Era mucho peor que dormir encima de una mesa, porque medía menos de seis pies de largo y era muy estrecha; además, el colchón era convexo y había que tener cuidado de no caerse. Las sábanas apestaban de tal modo a sudor que no soportaba tener la nariz cerca. Además, no había más que una sábana y un cobertor de algodón, así que a pesar de aquel ambiente tan sofocante hacía bastante frío. A lo largo de la noche oí todo tipo de ruidos. Una vez cada hora, el hombre a mi izquierda —creo que era un marinero— se despertaba, maldecía y encendía un cigarrillo. Otro hombre, que padecía una enfermedad de la vejiga, se levantó media docena de veces para buscar el orinal. El hombre del rincón sufría un ataque de tos cada veinte minutos, con tanta regularidad que acababas esperándolo igual que esperas el siguiente ladrido cuando un perro le aúlla a la luna. Era un sonido repulsivo que desafiaba cualquier descripción; un sucio burbujeo y una arcada como si los intestinos de aquel hombre se revolvieran en su interior. En una ocasión encendí una cerilla y vi que era muy viejo y que tenía el rostro grisáceo y demacrado como un cadáver, se había envuelto la cabeza en los pantalones a modo de gorro de dormir, algo que me asqueó por algún motivo. Cada vez que tosía o que el otro maldecía, una voz soñolienta gritaba: «¡Callad! Por el amor de Dios... ¡callad de una vez!».

En total no dormí más de una hora. Por la mañana me despertó la vaga impresión de que algo grande y marrón avanzaba hacia mí. Abrí los ojos y vi que era uno de los pies del marinero, que asomaba de la cama cerca de mi cara. Era marrón oscuro, casi como el de un indio, y estaba cubierto de suciedad. Las paredes estaban mugrientas, hacía tres semanas que no lavaban las sábanas, que eran de color ocre. Me levanté, me vestí y bajé. En el sótano había varios lavabos y dos toallas de rodillo mojadas. Llevaba una pastilla de jabón en el bolsillo, y estaba a punto de lavarme cuando reparé en que todos estaban cubiertos de una porquería pegajosa y negra como el betún. Salí sin lavarme. En conjunto la pensión no podía describirse como barata y limpia. No obstante, luego descubrí que era un ejemplo bastante representativo de esos sitios.

Crucé el río y anduve un buen trecho hacia el este, luego entré en un café de Tower Hill. Un café londinense normal, como hay miles, y que, después de París, me pareció raro y extraño. Era un cuarto pequeño y asfixiante con los bancos de respaldo alto que estaban de moda en la década de 1840, habían escrito el menú del día en un espejo con una pastilla de jabón, y una chica de catorce años servía los platos. Los peones comían de grandes paquetes envueltos en papel de periódico y bebían té en tazas sin platillo. Un judío engullía beicon en un rincón con la cara muy cerca del plato.

—¿Podría servirme un poco de té, pan y mantequilla? —le pregunté a la joven.

Me miró fijamente.

—No tenemos mantequilla, solo margarina —respondió, sorprendida. Y repitió la comanda con la frase que equivale en Londres al eterno *coup de rouge* de París—: ¡Un té grande con dos rebanadas!

En la pared que tenía al lado había un cartel que decía «Prohibido llevarse el azúcar»; debajo algún cliente con instintos poéticos había escrito:

> Quien se lleve el azúcar del salón
> es un auténtico…

pero alguien se había tomado la molestia de rascar la última palabra. Eso era Inglaterra. El té y las dos rebanadas me costaron tres peniques y medio, lo cual me dejó con once chelines y dos peniques.

XXV

Los once chelines me duraron tres días y cuatro noches. Después de mi mala experiencia en Waterloo Road[1] me dirigí al este y pasé la noche siguiente en una pensión de Pennyfields. Era la típica pensión como hay cientos en Londres. Alojaba de cincuenta a cien hombres y la regentaba un «encargado» en representación del dueño, pues esas casas de huéspedes son negocios muy provechosos propiedad de gente rica. Dormíamos quince o veinte en un dormitorio; las camas eran duras y frías, pero las sábanas llevaban solo una semana sin lavar, lo cual ya era una mejora. La tarifa eran nueve peniques o un chelín (en los dormitorios de un chelín había seis pies de separación entre las camas en vez de cuatro) y las condiciones eran que o pagabas en metálico antes de las siete de la tarde o te ibas a la calle.

Abajo había una cocina comunitaria para los huéspedes, con fogones, ollas, teteras y tostadoras. Dos grandes fuegos de hulla ardían día y noche todo el año. La labor de avivarlos, barrer la cocina y hacer las camas se repartía por turnos entre los huéspedes. Uno de los huéspedes más antiguos, un apuesto estibador de aspecto normando llamado Steve, era el «jefe de la

---

1. Es un hecho curioso, pero bien conocido que las chinches abundan más al sur que al norte de Londres. Por alguna razón no han cruzado el río en gran número.

casa», ejercía de árbitro en las disputas y era el encargado no remunerado de echar a la gente a la calle.

Me gustaba la cocina. Era un sótano muy profundo de techo bajo, muy caluroso y mareante por los vapores de hulla e iluminado solo por las llamas, que arrojaban sombras negras y aterciopeladas en los rincones. De unas cuerdas del techo colgaban prendas harapientas recién lavadas. Hombres teñidos de rojo por la luz, en su mayoría estibadores, pululaban con ollas en torno a los fuegos, algunos iban casi desnudos, pues acababan de lavar la ropa y estaban esperando a que se secara. Por la noche se jugaba a las cartas y a las damas y se cantaban canciones: una de las favoritas era «I'm a chap what's done wrong by my parents» y otra muy popular sobre un naufragio. A veces, a última hora de la noche, llegaba alguien con un cubo lleno de bígaros y lo compartía con los demás. Por lo general la comida se compartía y se daba por sentado que había que dar de comer a quien estaba sin trabajo. Había un hombrecillo pálido y demacrado, casi moribundo, a quien se referían como «el pobre Brown, que ha ido tres veces al médico y tres veces lo han rajado en canal» a quienes los demás alimentaban con regularidad.

Otros dos o tres huéspedes eran viejos pensionistas. Hasta que los conocí no supe que en Inglaterra hay ancianos que viven solo con una pensión de diez chelines semanales. Ninguno tenía otro recurso. Uno de ellos era bastante locuaz y le pregunté cómo se las arreglaba para subsistir. Respondió:

«Bueno, la cama son nueve peniques la noche, es decir, cinco chelines y tres peniques la semana. Los sábados gasto tres peniques en un afeitado, ya van cinco chelines y medio. Pongamos otro medio chelín al mes para cortarme el pelo. Así que me quedan unos cuatro chelines para comprar comida y tabaco».

No concebía tener otros gastos. Comía solo pan con margarina y té —los fines de semana pan duro y té sin leche— y puede que obtuviera la ropa de la caridad. Parecía satisfecho y valoraba más la cama y la lumbre que la comida. Pero, con

unos ingresos de diez chelines semanales, gastar dinero en afei-
tarse resulta impresionante.

Me pasaba el día deambulando por la calle sin hacer nada,
llegaba hasta Wapping por el este y hasta Whitechapel por el
oeste. Después de París me resultaba raro; todo estaba mucho
más limpio, silencioso y desolado. Echabas de menos el chirri-
do de los tranvías, la vida bulliciosa y purulenta de los callejo-
nes y el ruido metálico de los hombres armados en las plazas.
La gente iba mejor vestida y los rostros eran más apuestos y más
parecidos unos a otros, carentes de la feroz individualidad y de
la malevolencia de los franceses. Había menos borrachos, menos mugre, menos peleas y más ociosidad. Había grupitos en
todas las esquinas, un poco desnutridos, pero que resistían gracias al té con dos rebanadas que engulle el londinense cada dos
horas. Se respiraba un aire menos febril que en París. Era el país
de la tetera y la oficina de empleo, igual que París es la tierra
del *bistro* y la explotación laboral.

Era interesante observar a la multitud. Las mujeres del este
de Londres son guapas (tal vez por la mezcla de sangre) y Li-
mehouse estaba plagado de orientales: chinos, lascares de
Chittagong, drávidas que vendían bufandas de seda e incluso
algunos sijs llegados Dios sabe cómo. Aquí y allá había corri-
llos en la calle. En Whitechapel un tipo al que llamaban el
«Evangelista cantante» se comprometía a salvarte del infierno
por solo seis peniques. En la East India Dock Road el Ejército
de Salvación celebraba un oficio religioso. Entonaban «¿Hay
alguien aquí como el traidor Judas?» al son de la melodía de
What's to be done with a drunken sailor? En Tower Hill dos
mormones intentaban dar un discurso. En torno al estrado
pululaba una muchedumbre que gritaba y les interrumpía.
Uno les acusaba de polígamos. Un hombre cojo y barbudo
que debía de ser ateo, había oído la palabra Dios y se dedicaba
a interrumpirles muy enfadado. Se oía un confuso barullo de
voces.

—¡Mis queridos amigos, si nos permitiesen acabar lo que estábamos diciendo…!

—Tiene razón, dejadle acabar. ¡No discutáis!

—No, no, responde. ¿Puedes enseñarme a Dios? Enséñamelo y creeré en él.

—¡Oh, cierre el pico y deje ya de interrumpir!

—¡El único que interrumpes eres tú! ¡P… polígamos!

—La poligamia también tiene sus ventajas; así las mujeres saldrían de las fábricas.

—Mis queridos amigos, si tuviesen la…

—No, no, no intentes escurrir el bulto. ¿Has visto a Dios? ¿Lo has tocado? ¿Le has estrechado la mano?

—¡No discutáis más, por Dios, no discutáis más!

Etc., etc. Estuve escuchando veinte minutos deseando aprender algo sobre el mormonismo, pero el discurso no pasó de aquel griterío. Es el sino de casi todos los discursos callejeros.

En Middlesex Street, entre el gentío que iba al mercado, una mujer mísera y andrajosa tiraba del brazo de un chiquillo de cinco años y blandía una trompeta de lata ante su rostro. El niño no paraba de llorar.

«¡Te he dicho que te diviertas! —gritaba la madre—. ¿Para qué te crees que te he traído aquí y te he comprado una trompeta? ¿Es que quieres una azotaina? ¡Ya puedes empezar a divertirte, cabroncete!»

Unas gotas de saliva caían de la trompeta. La madre y el niño desaparecieron chillando. Todo resultaba extraño después de París.

La última noche que pasé en la pensión de Pennyfields presencié una discusión muy desagradable entre dos huéspedes. Uno de los pensionistas, un hombre de unos setenta años, desnudo hasta la cintura (acababa de lavarse la ropa), insultaba a un estibador bajo y corpulento que estaba de espaldas al fuego. Vi la cara del viejo a la luz de la lumbre y estaba llorando de rabia y pesar. Estaba claro que había ocurrido algo grave.

El pensionista: ¡Serás…!

El estibador: Cierra el pico, viejo, si no quieres que te dé una buena.

El pensionista: ¡Inténtalo si te atreves, pedazo de…! ¡Te llevo más de treinta años, pero como te arree un sopapo te voy a meter en un cubo de meados!

El estibador: ¡Y a lo mejor luego te hago pedazos, viejo c…!

Y así siguieron cinco minutos. Los huéspedes continuaron en su sitio fingiendo no hacer caso. El estibador parecía cohibido, pero el anciano cada vez estaba más furioso. Se acercaba, se plantaba delante del otro, le chillaba a escasas pulgadas como un gato en una tapia y escupía. Estaba haciendo acopio de valor para golpearle, pero no se animaba. Por fin estalló:

«¡Eso es lo que eres, un…! ¡Trágate este escupitajo! Por vida de… que te parto la cara antes de acabar contigo. Un c… eso es lo que eres, un hijo de puta. ¡Chúpate esa…! Eso es lo que pienso de ti, ¡pedazo de cabrón!».

Tras lo cual se desplomó de pronto en un banco, se cubrió la cara con las manos y rompió a llorar. Su oponente, al ver que los ánimos estaban en su contra, se marchó.

Luego oí a Steve contar lo que había motivado la discusión. Por lo visto, todo había sido por un chelín de comida. El viejo había extraviado de algún modo sus reservas de pan con margarina y los tres días siguientes dependería de la caridad de los demás. El estibador, que tenía trabajo y estaba bien alimentado, se había mofado de él y se había producido la discusión.

Cuando no me quedaron más que un chelín y cuatro peniques fui una noche a una pensión en Bow que solo costaba ocho peniques. Bajabas un piso y llegabas por un pasadizo a un sótano profundo y agobiante de unos diez pies cuadrados. Dentro había unos diez hombres, peones en su mayoría, sentados ante el feroz resplandor del fuego. Era medianoche, pero el hijo del encargado, un crío pálido y sudoroso de unos cinco años, jugaba en las rodillas de los peones. Un viejo irlandés le silbaba a un camachuelo ciego encerrado en una jaula diminuta. Había otros pájaros cantores, minúsculos y descoloridos, que habían pasado su vida bajo tierra. Los huéspedes por lo general orinaban en el fuego para no tener que atravesar el patio para ir al baño. Me senté a la mesa y noté algo que se movía entre mis pies, bajé la mirada y vi una oleada de bichos negros que se movían despacio por el suelo: eran cucarachas.

En el dormitorio había seis camas, y las sábanas, marcadas con letras enormes con «Robada en el número... de Bow Road», despedían un hedor pestilente. En la cama que había a mi lado yacía un anciano, un pintor callejero, con la espalda tan encorvada que asomaba de la cama y quedaba a menos de un pie de mi cara. Estaba desnuda y tenía curiosos remolinos de suciedad, como el mármol de una mesa. Un tipo llegó borracho en plena noche y vomitó en el suelo al lado de mi cama. También había chinches, no tantas como en París, pero suficientes para no dejarte dormir. Era un lugar repugnante. Aunque el encargado y su mujer eran muy amables y siempre estaban dispuestos a prepararte una taza de té a cualquier hora del día o de la noche.

XXVI

Por la mañana, después de pagar el habitual té con dos rebanadas y de comprar media onza de tabaco, me quedó solo medio penique. No quería pedirle más dinero a B., al menos de momento, así que la única posibilidad que me quedaba era ir a un albergue para vagabundos. No tenía ni idea de por dónde empezar, pero sabía que había uno en Romton, así que fui andando hasta allí y llegué a las tres o cuatro de la tarde. Apoyado en la cerca de una cochiquera en el mercado de Romton había un viejo irlandés con muchas arrugas, sin duda un vagabundo. Fui hasta donde se encontraba y le ofrecí mi petaca. La abrió, miró el tabaco y se quedó atónito:

—¡Santo Dios —exclamó—, pero si aquí hay seis peniques de tabaco del bueno! ¡De dónde diablos lo has sacado! No debes de llevar mucho por los caminos.

—¿Cómo? ¿Es que por los caminos no hay tabaco? —pregunté.

—Oh, sí, claro, mira.

Sacó una lata de caldo de carne oxidada. Dentro había veinte o treinta colillas recogidas del suelo. El irlandés me contó que rara vez fumaba otra cosa y añadió que, si ibas atento, podías encontrar hasta dos onzas de tabaco al día en las aceras londinenses.

—Vienes de uno de los albergues de Londres, ¿eh? —preguntó.

Contesté que sí, pensando que así me aceptaría como un vagabundo igual que él, y le pregunté qué tal era el albergue de Romton. Respondió:

—Bueno, es de los de chocolate caliente. Los hay de té, de chocolate y de aguachirle. En Romton no dan aguachirle, gracias a Dios, al menos la última vez que fui. Desde entonces, he estado en York y en Gales.

—¿A qué llamas tú aguachirle? —pregunté.

—¿A qué? Pues a una taza de agua caliente con un poco de harina de avena en el fondo. Los albergues de aguachirle son siempre los peores.

Estuvimos hablando una o dos horas. El irlandés era un viejo muy amable, pero olía fatal, y no era de extrañar teniendo en cuenta las enfermedades que padecía. Por lo visto (me describió todos los síntomas hasta el último detalle), lo aquejaban, de arriba abajo, los males siguientes: tenía un eccema en la coronilla, era corto de vista y no podía permitirse comprar unas gafas, tenía bronquitis crónica, un dolor sin diagnosticar en la espalda, dispepsia, uretritis, varices, juanetes y los pies planos. Llevaba quince años arrastrando esa combinación de enfermedades por los caminos.

A eso de las cinco, el irlandés preguntó:

—¿Te apetece una taza de té? El albergue no abre hasta las seis.

—Pues sí, claro.

—Sé de un sitio donde te dan una taza de té y un bollo gratis. Es muy bueno. Luego te hacen rezar un buen rato, pero ¡qué diablos! Ayuda a pasar el tiempo. Anda, vamos.

Me llevó a un barracón con techo de hojalata en una callejuela, parecido a un pabellón de críquet de pueblo. Había otros veinticinco vagabundos esperando. Unos cuantos eran los típicos vagabundos sucios, pero la mayoría eran muchachos del norte de aspecto honesto, probablemente mineros u operarios de las manufacturas de algodón que se habían quedado sin trabajo. Enseguida se abrió la puerta y una mujer con un vestido de seda azul, quevedos de oro y un crucifijo al cuello nos invitó a pasar y nos dio la bienvenida. Dentro había treinta o cuarenta sillas muy duras, un armonio y una sangrienta litografía de la Crucifixión.

Incómodos, nos quitamos las gorras y nos sentamos. La mujer sirvió el té y, mientras bebíamos y comíamos, se dedicó a ir de aquí para allá y a hablar con benevolencia de asuntos religiosos: de que Jesucristo siempre se compadecía de los pobres como nosotros, de lo deprisa que pasaba el tiempo cuando estabas en la iglesia y de lo distinto que era vivir en los caminos si pronunciabas tus oraciones a diario. Lo pasamos fatal. Nos quedamos apoyados contra la pared, con la gorra entre las manos (un vagabundo se siente desnudo si no lleva puesta la gorra) y, cada vez que la mujer se dirigía a nosotros, nos ruborizábamos e intentábamos musitar alguna respuesta. No me cabe duda de que lo hacía con buena intención. Se acercó a uno de los jóvenes norteños con un plato de bollos en la mano y le dijo: «Y tú, hijo, ¿cuánto hace que te arrodillaste para hablar con tu Padre en el cielo?».

Pobre muchacho, no acertó a pronunciar palabra; no obstante, su estómago respondió por él con un vergonzoso rugido al ver la comida. Luego se quedó tan avergonzado que a duras penas pudo comerse el bollo. El único que pudo responder a aquella dama con su mismo estilo fue un tipo vivaracho con la nariz colorada que parecía un cabo que hubiese perdido los galones por borracho. Sabía pronunciar las palabras «Nuestro Señor Jesucristo» con más desparpajo que nadie. Sin duda, lo habría aprendido en la cárcel.

Terminamos el té y vi que los vagabundos se miraban de reojo. Todos estaban pensando en lo mismo: ¿podríamos escapar antes de que empezasen las oraciones? Alguien se movió en el asiento sin llegar a levantarse, pero mirando a la puerta, como dando a entender que estaba a punto de marcharse. La mujer le disuadió con la mirada y dijo en un tono más benévolo que nunca: «No hay necesidad de irse aún. El albergue no abre hasta las seis, así que tenemos tiempo de arrodillarnos y dedicarle antes unas palabras a nuestro Padre. Después, seguro que nos sentiremos todos mejor, ¿no les parece?».

El hombre de la nariz colorada se mostró de lo más solícito, ayudó a poner el armonio en su sitio y a distribuir los devocionarios. Se puso de espaldas a la mujer e hizo la broma de repartirlos como si fuese una baraja, mientras murmuraba: «Ahí tienes las p... cartas, amigo. ¡Cuatro ases y un rey!», etc.

Con la cabeza descubierta, nos arrodillamos entre las tazas sucias y empezamos a murmurar que no habíamos hecho lo que debíamos, que habíamos hecho lo que no debíamos y que estábamos mal de salud. La mujer rezaba con auténtico fervor, pero no dejaba de mirarnos de reojo para asegurarse de que estábamos atentos. Cuando no nos veía, sonreíamos, guiñábamos el ojo y susurrábamos chistes rijosos, solo para demostrar que aquello nos traía sin cuidado, aunque la verdad es que se nos atragantó un poco. Excepto el tipo de la nariz colorada, nadie tuvo suficiente dominio de sí mismo para pronunciar las respuestas en voz alta. Los cánticos nos salieron un poco mejor, aunque uno de los vagabundos solo conocía la melodía de «Onward Christian Soldiers» y a veces se liaba y echaba a perder la armonía.

Los rezos duraron media hora y luego, después de un apretón de manos en la puerta, nos despedimos.

—Bueno —dijo alguien en cuanto estuvimos lo bastante lejos para que no pudieran oírnos—, se acabó el sufrimiento. Pensaba que las p... oraciones no se acabarían nunca.

—Te han dado un bollo —respondió otro— y tienes que pagarlo.

—Querrás decir «rezarlo». Bah, nadie da nada por nada. Hasta por una p... taza de té de dos peniques tienes que hincarte de rodillas.

Se oyeron murmullos de asentimiento. Estaba claro que los vagabundos no se sentían agradecidos por el té. Y eso que era excelente. Tan distinto del que sirven en los cafés como un buen burdeos de esa porquería que llaman vino joven de las colonias, y a todos nos gustó. También estoy seguro de que nos lo dieron de buena fe, y sin ánimo de humillarnos; así que en justicia deberíamos habernos sentido agradecidos, pero no.

XXVII

A eso de las seis menos cuarto, el irlandés mè acompañó al albergue. Era un cubo de ladrillo sucio y amarillento por el humo, que se alzaba en un rincón de los terrenos del hospicio. Las hileras de ventanas minúsculas con barrotes, las puertas de hierro y la alta tapia que lo separaban de la carretera le daban apariencia de cárcel. Encontramos una larga cola de hombres harapientos que aguardaban a que se abrieran las puertas. Los había de todas las edades y condiciones, el más joven era un muchacho de rostro sonrosado que tenía dieciséis años y el más anciano una momia encorvada y sin dientes de unos setenta y cinco. Algunos eran vagabundos veteranos, reconocibles por sus bastones y sus garrotes, y porque tenían la cara oscurecida por el polvo; otros eran obreros de las fábricas que se habían quedado sin trabajo; había peones agrícolas; un oficinista con cuello duro y corbata y dos que sin duda eran retrasados mentales. Vistos allí, mientras esperaban, ofrecían un espectáculo lamentable; no es que pareciesen malvados ni peligrosos, pero eran una pandilla sarnosa y desgarbada, casi todos iban harapientos y estaban claramente desnutridos. Sin embargo, se mostraban afables y no hacían preguntas. Muchos me ofrecieron tabaco, es decir, colillas.

Nos apoyamos a fumar en la tapia, y los vagabundos empezaron a hablar de los albergues donde habían estado últimamente. Por lo que decían, todos son diferentes, cada cual tiene sus ventajas e inconvenientes y es importante conocerlos si estás por los caminos. Cualquier veterano te dirá las peculiaridades de todos los albergues de Inglaterra: en A permiten fumar, pero hay chinches en las celdas; en B las camas son cómodas, pero el conserje es un perdonavidas; en C te dejan salir a primera hora de la mañana, pero el té es imbebible; en D los funcionarios te roban el dinero si lo tienes... y así hasta la extenuación. Hay circuitos habituales en los que los albergues están a un día de camino unos de otros. Me dijeron que la ruta de Barnet a Saint Albans era la mejor, y me aconsejaron no poner el pie en Billericay, Chelmsford o Ide Hill en Kent. Se decía que el de Chelsea era el albergue más lujoso de Inglaterra; alguien apuntó en tono encomiástico que las mantas se parecían a las de la cárcel y no a las de un albergue. En verano, los vagabundos recorren grandes distancias y en invierno se quedan lo más cerca posible de las grandes ciudades, porque es más fácil encontrar dónde calentarse y la gente es más caritativa. Pero tienen que estar siempre en movimiento, pues no se puede acudir a ningún albergue, o a dos en Londres, más de una vez al mes o te arriesgas a que te encierren una semana.

Poco después de las seis abrieron la puerta y empezamos a entrar uno por uno. En el patio había un despacho donde un funcionario apuntó nuestro nombre, edad y profesión en un libro, así como nuestro lugar de procedencia y adónde nos dirigíamos —de ese modo se controlan los movimientos de los vagabundos—. Dije que era pintor; al fin y al cabo había pintado acuarelas, ¿y quién no? El funcionario también nos preguntó si teníamos dinero, y todo el mundo respondió que no. Va contra la ley alojarse en un albergue si se tienen más de ocho peniques, y se supone que hay que entregar cualquier cantidad menor al entrar. Pero, por lo general, los vagabundos prefieren colar el dinero bien envuelto en un trocito de tela para que no tintinee. Por lo general lo meten en la bolsa del té y el azúcar que todos llevan consigo, o entre sus «papeles». Los papeles se consideran sagrados y no los toca nadie.

Después de registrarnos en la oficina, un empleado conocido como «vagabundo mayor» (su trabajo consiste en supervisar a los transeúntes y suele ser un pobre del hospicio) y un conserje gritón y mal encarado que llevaba uniforme azul y nos trató como si fuésemos ganado, nos condujeron al albergue. No había más que un baño, unos lavabos y largas filas de celdas de piedra, puede que en total hubiese un centenar. Era un lugar sombrío y desnudo que habían encalado con desgana para limpiarlo y que despedía un olor que había previsto por su aspecto: una mezcla de jabón de mala calidad, zotal y letrinas, un olor frío, desazonador parecido al de una cárcel.

El conserje nos llevó por el pasillo y nos dijo que pasáramos al baño de seis en seis para que nos cachearan antes de bañarnos. Iban buscando dinero y tabaco, pues Romton es de esos albergues en los que puedes fumar si logras colar tabaco, pero donde te lo confiscan al llegar si lo encuentran. Los veteranos nos habían contado que el conserje nunca te cacheaba por debajo de las rodillas, así que antes de entrar todos escondimos el tabaco en la caña de las botas. Luego, mientras nos desvestíamos, lo ocultamos en el abrigo, que nos permitieron conservar para usarlo como almohada.

La escena en el baño no pudo ser más repulsiva. Cincuenta hombres sucios, totalmente desnudos y agolpados en una sala de veinte pies cuadrados, con solo dos bañeras y dos viscosas toallas de rodillo para todos. Nunca olvidaré el hedor a pies. En realidad se bañaron menos de la mitad de los vagabundos (les oí decir que el agua caliente debilitaba el organismo), pero todos se lavaron los pies y la cara, y los horribles trapos grasientos en los que se envuelven los dedos de los pies. Solo los que se daban un baño completo tenían derecho a agua limpia, por lo que muchos tuvieron que lavarse con agua donde otros se habían lavado los pies. El conserje nos atosigaba y cubría de improperios a los que se entretenían más de la cuenta. Cuando me llegó el turno, le pregunté si podía limpiar la bañera, que tenía un reguero de suciedad. Se limitó a responder: «¡Cierra la p... boca y métete en la bañera!». Eso estableció el tono de aquel lugar y no volví a decir nada.

Cuando terminamos de bañarnos, el conserje ató nuestra ropa en fardos y nos dio camisas del hospicio —unas prendas grises de algodón y de limpieza dudosa, que parecían camisones acortados—. Nos hizo pasar a las celdas y enseguida él y el vagabundo mayor nos trajeron la cena del hospicio. La ración era un mendrugo de pan untado de margarina y medio litro de chocolate amargo sin azúcar en una taza de hojalata. Lo devoramos sentados en el suelo en cinco minutos, y a eso de las siete cerraron las puertas de las celdas hasta las ocho de la mañana.

Dejaban que cada cual durmiese con un compañero, pues las celdas tenían capacidad para dos personas. Yo no tenía ninguno y me pusieron con un hombre que también iba solo, un tipo delgado, con la cara sucia y un poco bizco. La celda medía ocho pies por cinco por ocho de alto, estaba hecha de piedra, tenía un ventanuco con barrotes y una mirilla en la puerta, igual que en la cárcel. Dentro había seis mantas, un orinal, una tubería de agua caliente y nada más. Miré a mi alrededor con la vaga sensación de que faltaba alguna cosa. Luego reparé con sorpresa en lo que era y exclamé:

—Pero, qué diablos... ¿dónde están las camas?

—¿Las camas? —respondió sorprendido el otro—. ¡No hay! ¿Qué te esperabas? En este albergue duermes en el suelo. ¡Dios! ¿Aún no te has enterado?

Por lo visto, era normal que no hubiese camas en los albergues. Enrollamos los abrigos, los apoyamos contra la tubería de agua caliente y nos pusimos lo más cómodos posible. Al cabo de un rato, el ambiente se volvió irrespirable, pero no hacía calor suficiente para poner todas las mantas en el suelo, así que solo pudimos poner una. Estábamos a un pie de distancia, respirándonos en la cara, con las piernas desnudas rozándose cada poco y rodando uno contra el otro cuando nos quedábamos dormidos. No hacíamos más que dar vueltas, pero no servía de mucho; te pusieras como te pusieses, al principio notabas un entumecimiento y luego un agudo dolor cuando empezaba a notarse la dureza del suelo a través de la manta. Se podía dormir, pero no más de diez minutos seguidos.

A eso de medianoche, mi compañero de celda empezó a hacerme insinuaciones homosexuales, una vivencia muy desagradable si estás a oscuras en una celda cerrada con llave. Era un individuo debilucho y pude mantenerlo a raya sin dificultad, pero, como es lógico, no logré conciliar el sueño. El resto de la noche lo pasamos despiertos, fumando y hablando. Me contó la historia de su vida, era mecánico y llevaba tres años sin trabajo. Su mujer lo había abandonado en cuanto se quedó sin empleo, y llevaba tanto tiempo sin acostarse con una mujer que había olvidado cómo eran. Según dijo, la homosexualidad está generalizada entre los vagabundos veteranos.

A las ocho, el conserje llegó por el pasillo y fue abriendo las celdas mientras gritaba: «¡Todo el mundo fuera!». Al abrirse las puertas dejaron escapar un hedor rancio y fétido. Enseguida el pasillo se llenó de figuras escuálidas con camisas grises que arrastraban los pies, orinal en mano, camino del baño. Por lo visto, por la mañana solo había una bañera para todos, y cuando me tocó el turno veinte vagabundos se habían lavado ya la cara; miré la espuma negruzca que flotaba en el agua y me fui sin lavarme. Después nos dieron un desayuno idéntico a la cena de la noche anterior, nos devolvieron la ropa y nos ordenaron que fuésemos a trabajar al patio. El trabajo consistía en pelar patatas para la cena de los pobres, pero era una simple formalidad para tenernos ocupados hasta que llegara el médico. La mayoría se dedicaron a escurrir el bulto. El médico llegó a eso de las diez y nos dijeron que volviésemos a las celdas, nos desnudásemos y esperásemos en el pasillo.

Desnudos y temblorosos, nos pusimos en fila en el pasillo. Es imposible concebir el aspecto tan ruinoso y degenerado que teníamos bajo la despiadada luz matutina. La ropa de un vagabundo es mala, pero oculta cosas peores; para ver sin tapujos cómo es en realidad hay que verlo desnudo. Los pies planos, el vientre hinchado, el pecho hundido y los músculos fláccidos, un auténtico catálogo de todas las miserias humanas. Casi todo el mundo estaba desnutrido y había quien estaba claramente enfermo; dos hombres llevaban braguero y en cuanto a la vieja momia de setenta y cinco años, era increíble que pudiera seguir andando por los caminos. Al contemplar nuestros rostros, sin afeitar y cubiertos de arrugas tras una noche sin dormir, cualquiera habría dicho que nos estábamos recuperando de la resaca después de una juerga de una semana.

El reconocimiento médico era solo para detectar posibles casos de viruela y nadie se fijó en nuestro estado general. Un joven estudiante de medicina recorrió el pasillo a toda prisa mientras fumaba un cigarrillo y no preguntó si nos encontrábamos bien o mal. Cuando mi compañero de celda se desvistió, vi que tenía el pecho cubierto de un sarpullido rojo y, después de pasar la noche a escasas pulgadas de él, me entró pánico de que me hubiese contagiado la viruela. No obstante, el médico lo miró y dijo que era por la desnutrición.

Cuando terminó el reconocimiento nos vestimos y nos enviaron al patio donde el conserje nos fue llamando, nos devolvió lo que habíamos dejado al llegar y distribuyó unos cupones de comida. Eran por valor de seis peniques y podían canjearse en los cafés de la ruta que habíamos indicado la noche anterior. Me llamó la atención que muchos vagabundos no supieran leer y tuviesen que recurrir a mí y a otros «eruditos» para descifrar lo que decían sus cupones.

Abrieron las puertas y enseguida nos dispersamos. ¡Qué dulce huele el aire —incluso el de un callejón de las afueras de la ciudad— después del hedor a cerrado y casi fecal del albergue! Ahora tenía un compañero, pues mientras pelábamos patatas, había hecho buenas migas con un vagabundo irlandés llamado Paddy Jaques, un hombre pálido y melancólico que parecía limpio y honrado. Se dirigía al albergue de Edbury y me propuso ir con él. Nos pusimos en camino y llegamos a las tres de la tarde. Era una caminata de doce millas, pero nosotros recorrimos catorce porque nos perdimos por los desolados barrios del norte de Londres. Nuestros cupones de comida eran para un café de Ilford. Cuando llegamos, una camarera escuchimizada vio los cupones, dedujo que éramos vagabundos, movió la cabeza con desprecio y no nos atendió hasta pasado un buen rato. Por fin puso sobre la mesa dos tés grandes y cuatro rebanadas de pan con manteca, es decir, comida por valor de ocho peniques. Por lo visto, en aquel café estafaban a los vagabundos dos peniques por cupón; y, como no tenían más que cupones, no podían quejarse ni ir a otro sitio.

XXVIII

Paddy fue mi compañero los siguientes quince días y, como es el primer vagabundo a quien llegué a conocer bien, quisiera hablar de él. Creo que era un vagabundo bastante típico y que en Inglaterra hay decenas de miles como él.

Era un tipo alto de unos treinta y cinco años, de cabello rubio entrecano y acuosos ojos azules. Sus rasgos eran agradables, pero tenía las mejillas hundidas y esa tez grisácea y áspera típica de quien vive a base de pan con margarina. Iba mejor vestido que la mayoría de los vagabundos, con una chaqueta de caza de tweed y unos pantalones de esmoquin muy viejos que todavía conservaban la banda de raso. Estaba claro que aquella banda simbolizaba para él un último vestigio de respetabilidad, y cada vez que se descosía volvía a zurcirla con mucho cuidado. Procuraba cuidar su aspecto y llevaba una cuchilla de afeitar y un cepillo para los zapatos del que se negaba a desprenderse, aunque hacía mucho que había vendido sus «papeles» e incluso su cortaplumas. A pesar de todo, se notaba que era un vagabundo a cien yardas de distancia. Su manera de andar y el modo en que encorvaba los hombros delataban una humillación evidente. Al verlo se notaba de forma instintiva que prefería recibir un golpe que propinarlo.

Se había criado en Irlanda, había pasado dos años en la guerra y luego había trabajado en una empresa de pulimento de metales, hasta que dos años después se quedó sin empleo. Le avergonzaba muchísimo ser un vagabundo, pero había adquirido ya todos sus vicios. Escudriñaba las aceras y no dejaba pasar una colilla o ni siquiera una cajetilla vacía, pues utilizaba el papel del interior para liar cigarrillos. De camino a Edbury vio un paquete en la acera envuelto en periódicos, se abalanzó sobre él y descubrió que contenía dos bocadillos de carne de cordero, un tanto estropeados, que insistió en compartir conmigo. Nunca pasaba junto a una máquina automática sin tirar de la manivela, pues decía que a veces estaban estropeadas y soltaban unos cuantos peniques. No obstante, le faltaban agallas para cometer un delito. Cuando nos hallábamos en las afueras de Romton, Paddy vio una botella de leche que alguien debía de haber dejado por error a la puerta de una casa. Se detuvo y la miró famélico.

«¡Dios! —exclamó—. Qué desperdicio de comida. Cualquiera podría birlar esa botella, ¿eh? Sería pan comido. —Vi que estaba pensando en «birlarla» él. Miró calle arriba y calle abajo; era una calle residencial muy tranquila y no se veía a nadie. El rostro enfermizo y desanimado de Paddy dejaba claro que ansiaba robar la leche. Luego se volvió y dijo con tristeza—: Será mejor dejarla. Robar no está bien. Gracias a Dios, aún no he robado nada.»

El miedo, producto del hambre, le ayudaba a ser virtuoso. Con dos o tres comidas en la barriga, habría encontrado valor para robar la leche.

Tenía dos temas de conversación: la vergüenza y la humillación de ser un vagabundo y la mejor manera de conseguir una comida gratis. Mientras vagábamos por las calles sentía lástima de sí mismo y monologaba con acento irlandés y voz quejosa.

«Es horrible estar por los caminos, ¿eh? Se le rompe el alma a uno de tener que ir a esos puñeteros albergues. Pero qué se le va a hacer, ¿verdad? Hace dos meses que no pruebo una comida decente, se me están rompiendo las botas y... ¡Dios!

¿Por qué no vamos a ver si nos dan una taza de té en uno de los conventos que hay camino de Edbury? Casi siempre te la dan. ¡Qué sería de nosotros sin la religión!, ¿eh? He gorroneado té en los conventos, a los baptistas, a los anglicanos y a todas las confesiones. Yo soy católico. Bueno, hace diecisiete años que no me confieso, pero sigo siendo religioso, ya me entiendes. Y en los conventos siempre te dan una buena taza de té...»

Su ignorancia era pasmosa e ilimitada. Una vez me preguntó, por ejemplo, si Napoleón había vivido antes o después de Cristo. En otra ocasión, en que me vio contemplando el escaparate de una librería, se escandalizó porque uno de los libros se titulaba *De la imitación de Cristo*. Lo tomó por una blasfemia. «Para qué diablos quieren imitarlo?», preguntó muy enfadado. Sabía leer, pero detestaba los libros. En el camino de Romton a Edbury entré en una biblioteca pública, y, aunque Paddy no quería entrar a leer, lo animé a pasar para descansar las piernas. Prefirió quedarse en la acera. «No —dijo—, me pongo malo al ver tanta letra impresa.»

Como la mayoría de los vagabundos, era muy tacaño con las cerillas. Tenía una caja cuando lo conocí, pero nunca le vi encender ninguna, y me sermoneaba por derrochador si usaba las mías. Su método consistía en pedir fuego a los desconocidos y prefería pasarse media hora sin fumar a encender una cerilla.

Uno de los rasgos más destacados de su carácter era la lástima que sentía por sí mismo. La convicción de que había tenido mala suerte no le abandonaba ni por un instante. Interrumpía largos períodos de silencio para exclamar sin venir a cuento: «Es horrible cuando la ropa empieza a estropearse, ¿eh?» o «El té que dan en ese albergue no es té sino meado», como si no hubiese otras cosas en las que pensar. Una envidia sorda le reconcomía cada vez que veía a alguien a quien le iban bien las cosas; no tanto a los ricos, que estaban fuera de su horizonte social, sino a cualquiera que tuviese trabajo. Ansiaba encontrar empleo igual que un artista ansía la fama. Si veía a un viejo trabajando, decía con amargura: «Mira a ese viejo, quitándole el trabajo a los jóvenes»; y, si se trataba de un muchacho, exclamaba: «Esos mocosos son quienes nos quitan el pan de la boca». Para él todos los extranjeros eran «unos meridionales de mierda», pues, según su teoría, los extranjeros eran responsables del desempleo.

Miraba a las mujeres con una mezcla de odio y deseo. Las jóvenes y guapas estaban demasiado lejos de su alcance para pensar en ellas, pero se le hacía la boca agua con las prostitutas. Pasaban un par de viejas con los labios pintados de rojo y Paddy se quedaba lívido, se daba la vuelta y las miraba rijoso. «¡Furcias!», murmuraba, tan embelesado como un niño ante el escaparate de una confitería. Una vez me contó que llevaba dos años —es decir, desde que se quedó sin trabajo— sin acostarse con ninguna mujer y había olvidado que se puede apuntar más alto que a las prostitutas. Tenía el típico carácter de los vagabundos: rastrero y envidioso, igual que un chacal.

No obstante, no era mala persona, era generoso por naturaleza y capaz de compartir hasta las últimas migajas con un amigo; de hecho, las compartió conmigo más de una vez. Es probable que, si hubiese comido bien unos meses, hubiera estado dispuesto a trabajar. Pero dos años a base de pan con margarina habían limitado mucho sus aspiraciones. Se había alimentado con esa triste imitación de comida y su cuerpo y su alma habían pasado a ser de una pasta inferior. La desnutrición, y no los vicios, había destruido su virilidad.

XXIX

De camino a Edbury, le conté a Paddy que tenía un amigo a quien podía pedirle dinero prestado, y le propuse ir directos a Londres en lugar de pasar otra noche en un albergue. Pero hacía mucho que Paddy no dormía en el de Edbury y, como buen vagabundo, no quería desaprovechar la oportunidad de dormir gratis una noche. Acordamos ir a Londres a la mañana siguiente. Solo me quedaba medio penique, pero Paddy tenía dos chelines, con los que podríamos pagarnos dos camas y unas cuantas tazas de té.

El albergue de Edbury no era muy distinto del de Romton. Lo peor fue que nos confiscaron el tabaco en la puerta, y nos advirtieron de que si nos sorprendían fumando nos echarían a la calle. La Ley de Vagos permite procesar a los vagabundos que fumen en un albergue, de hecho permite procesarlos casi por cualquier cosa, pero las autoridades prefieren ahorrarse la molestia de interponer una demanda y se limitan a echar a los que desobedecen. No había trabajo que hacer y las celdas eran bastante cómodas. Dormimos dos en cada celda, «uno arriba y otro abajo», es decir, uno en una repisa de madera y el otro en el suelo sobre jergones de paja y con muchas mantas, sucias, pero sin bichos. La cena fue la misma que en Romton, solo que en vez de chocolate nos dieron té. Se podía conseguir más por la mañana, pues el vagabundo mayor lo vendía, sin duda de forma ilícita, a medio penique la taza. Al salir nos dieron un mendrugo de pan y un poco de queso a cada uno.

Cuando llegamos a Londres faltaban ocho horas para que abrieran las casas de huéspedes. Es curioso el modo en que pasamos algunas cosas por alto. Había estado innumerables ocasiones en Londres y hasta ese día nunca había reparado en que una de las cosas peores de la ciudad es que cuesta dinero hasta sentarse. En París, si no tenías dinero y no podías encontrar un banco público, te sentabas en la acera. Dios sabe dónde acabarías si hicieses lo mismo en Londres, probablemente en la cárcel. A las cuatro llevábamos cinco horas sin sentarnos y los adoquines nos parecían tan duros como si tuviésemos los pies al rojo vivo. Estábamos hambrientos, pues nos habíamos comido nuestra ración nada más salir del albergue y me había quedado sin tabaco; a Paddy le daba igual porque recogía colillas del suelo. Probamos suerte en dos iglesias, pero estaban cerradas. Luego fuimos a la biblioteca pública, pero no quedaban sitios libres. Como última esperanza, Paddy propuso ir a una casa Rowton; las reglas eran que no se podía entrar hasta las siete, pero siempre podíamos intentar colarnos. Llegamos a la magnífica entrada (todas las casas Rowton son majestuosas) y entramos como si tal cosa, haciéndonos pasar por huéspedes habituales. Al instante, un hombre que haraganeaba al lado de la puerta, un tipo de rasgos afilados que sin duda desempeñaba algún tipo de autoridad, nos salió al paso.

—¿Habéis dormido aquí anoche?

—No.

—Pues ya podéis iros a tomar por c...

Obedecimos y pasamos otras dos horas de pie en la esquina. Fue muy desagradable, pero me enseñó a no despreciar a los que merodean por las esquinas, así que algo salí ganando.

A las seis fuimos al refugio del Ejército de Salvación. No podíamos reservar una cama hasta las ocho y no era seguro que quedara alguna libre, pero un oficial, que nos llamó «hermanos», nos dejó entrar a condición de que pagásemos dos tazas de té. La sala principal del albergue era una especie de granero encalado, sin chimenea y tan limpio y sobrio que resultaba agobiante. Doscientas personas de aspecto íntegro y resignado ocupaban muy apretadas unos largos bancos de madera. Un par de oficiales de uniforme merodeaban de aquí para allá. En la pared había retratos del general Booth y carteles que prohibían cocinar, beber, escupir, blasfemar, pelearse y jugar. He aquí un ejemplo de dichos carteles, que copié al pie de la letra:

Se expulsará a cualquiera a quien se sorprenda apostando o jugando a las cartas y no se le volverá a admitir bajo ninguna circunstancia.

Se recompensará a quien proporcione información que permita descubrir a tales personas.

Los oficiales al mando animan a todos los huéspedes a que les ayuden a conservar libre este albergue del DETESTABLE VICIO DEL JUEGO.

«Apostando o jugando a las cartas», me pareció una expresión muy simpática.

En mi opinión, esos refugios del Ejército de Salvación, aunque limpios, son mucho más deprimentes que la peor casa de huéspedes. Cuánta desesperanza hay en algunas de las personas que los frecuentan, tipos honrados y sin un céntimo que han empeñado hasta el cuello de la camisa pero siguen buscando trabajo como oficinistas. Acudir a un refugio del Ejército de Salvación, que al menos está limpio, es su último asidero a la respetabilidad. En la mesa de al lado había dos extranjeros vestidos con harapos, aunque era evidente que eran caballeros. Estaban jugando al ajedrez de palabra, sin ni siquiera escribir los movimientos. Uno de ellos era ciego, y les oí decir que llevaban mucho tiempo ahorrando para comprar un tablero que costaba media corona, pero nunca lograban reunir el dinero. Aquí y allá había oficinistas sin trabajo, pálidos y malhumorados. Un joven alto, delgado y mortalmente pálido hablaba muy nervioso a un grupo de ellos. Daba puñetazos en la mesa y fanfarroneaba de un modo extraño y febril. Cuando los oficiales estaban lejos profería pintorescas blasfemias: «¿Sabéis qué os digo? Que mañana voy a conseguir ese trabajo. Yo no me dejo humillar como vosotros; sé cuidar de mí mismo. ¡Mirad ese... cartel de ahí! "¡El Señor proveerá!" Pues sí que me ha provisto a mí. No seré yo quien confíe en el Señor de los... Esperad y veréis. Voy a conseguir ese trabajo», etc., etc.

Estuve observándolo sorprendido por su forma agitada y exaltada de hablar; parecía histérico o tal vez un poco borracho. Una hora después entré en un cuartito, apartado de la sala principal, que era una sala de lectura. No había ni libros ni periódicos, así que muy pocos huéspedes lo frecuentaban. Al abrir la puerta encontré al joven oficinista solo, de rodillas, ¡y rezando! Antes de volver a cerrar la puerta tuve tiempo de mirarlo a la cara y vi su gesto de sufrimiento. De pronto comprendí, por la expresión de su rostro, que estaba famélico.

Las camas costaban ocho peniques cada una. A Paddy y a mí nos quedaron cinco peniques que gastamos en el bar, donde servían comida barata, aunque no tanto como en una casa de huéspedes. El té parecía estar hecho con polvo de té, que supongo que el Ejército de Salvación debía de haber conseguido como donativo, aunque lo vendían a penique y medio la taza. Era malísimo. A las diez en punto un oficial pasó por la sala tocando un silbato. Todo el mundo se puso en pie enseguida.

—¿Qué pasa? —le pregunté sorprendido a Paddy.

—Pues que hay que irse a la cama. Y rapidito.

Obedientes como corderitos, los doscientos hombres desfilaron hacia sus camas supervisados por los oficiales.

El dormitorio era un enorme desván como el barracón de un cuartel, con sesenta o setenta camas. Estaban limpias y eran bastante cómodas, aunque también muy estrechas, y se hallaban tan juntas que respirabas en la cara del vecino. En la habitación dormían dos oficiales para asegurarse de que nadie fumaba ni hablaba después de apagar la luz. Paddy y yo apenas pudimos pegar ojo, porque teníamos cerca a un hombre con un trastorno nervioso, tal vez neurosis de guerra, que gritaba «¡Pip!» a intervalos irregulares. Era un sonido agudo y sorprendente, parecido a la bocina de un coche pequeño. No había forma de saber cuándo se produciría y resultaba un estupendo antídoto contra el sueño. Por lo visto, Pip, como lo llamaban los demás, era uno de los habituales del refugio y cada noche impedía dormir a diez o veinte personas. Era un ejemplo de las cosas que no dejan conciliar el sueño en esos refugios donde se trata a la gente como ganado.

A las siete se oyó otro silbato, y los oficiales se dedicaron a despertar a los que no se habían levantado enseguida. Después he dormido en varios refugios del Ejército de Salvación y he comprobado que, aunque haya pequeñas diferencias entre ellos, esa disciplina semimilitar es igual en todos. Sin duda son baratos, pero para mi gusto se parecen demasiado a un hospicio. En algunos de ellos incluso hay un servicio religioso obligatorio una o dos veces por semana, al que los huéspedes deben asistir si no quieren que los echen a la calle. Lo cierto es que los del Ejército de Salvación están tan acostumbrados a considerarse a sí mismos una organización caritativa que no conciben dirigir un refugio sin que apeste a caridad.

A las diez fui al despacho de B. y le pedí que me dejara prestada una libra. Me dio dos e insistió en que volviese cuando me hiciera falta, así que Paddy y yo dejamos de tener dificultades de dinero al menos una semana. Pasamos el día en Trafalgar Square, buscando a un amigo de Paddy que no se presentó, y por la noche fuimos a una casa de huéspedes que hay en un callejón cerca del Strand. El precio eran once peniques, pero era un sitio oscuro y maloliente frecuentado por «mariquitas». Eran como los jóvenes apaches que se ven en París, solo que sin patillas de boca de hacha. Un hombre vestido y otro desnudo regateaban delante del fuego. Eran vendedores de periódicos. El que iba vestido le estaba vendiendo su ropa al otro.

—Como lo oyes —decía—, la mejor ropa que has tenido jamás. Media corona por el abrigo, dos chelines por los pantalones, uno y medio por las botas y otro chelín por la gorra y el abrigo. En total, siete chelines.

—¡Ni lo sueñes! Te doy uno y medio por el abrigo, uno por los pantalones y dos por lo demás. En total, cuatro y medio.

—Déjalo en cinco y medio y tan amigos.

—De acuerdo, quítatelo todo, que tengo que ir a vender la última edición.

El hombre que iba vestido se desnudó y tres minutos después su situación cambió: el que iba desnudo estaba vestido y el otro se cubrió con una página del *Daily Mail*.

El dormitorio era oscuro y agobiante y tenía quince camas. Despedía un intenso y cálido olor a orina, tan espantoso que al principio procurabas respirar solo un poco sin llenar del todo los pulmones. Cuando me tumbé, un hombre salió de la oscuridad, se agachó y empezó a balbucir con voz ebria y educada:

—Un chico de colegio privado, ¿eh? [Me había oído decirle algo a Paddy]. Por aquí no vienen muchos de la vieja escuela. Yo estudié en Eton. Ya sabes: «Dentro de veinte años este tiempo…» y toda esa gaita. Empezó a cantar el himno remero de Eton sin desafinar demasiado:

Un tiempo excelente para remar
y una cosecha de heno…

—¡Para ya ese… ruido! —gritaron varios huéspedes.

—Qué gentuza —dijo el antiguo alumno de Eton—, auténtica gentuza. Es raro acabar en un sitio así, ¿eh? ¿Sabes lo que me dicen mis amigos?: «M… no tienes remedio». Y es verdad que no lo tengo. He caído bajo en este mundo; no como estos… de aquí que no podrían caer bajo ni aunque lo intentaran. Mientras seamos jóvenes… ya sabes. ¿Puedo invitarte a un trago?

Sacó una botella de brandy de cerezas, perdió el equilibrio y cayó sobre mis piernas. Paddy, que se estaba desvistiendo, lo ayudó a ponerse en pie.

—Vuelve a tu cama, c… imbécil.

El antiguo alumno de Eton volvió tambaleándose a su cama y se metió debajo de las sábanas vestido y sin quitarse las botas. Por la noche lo oír murmurar varias veces: «M… no tienes remedio», como si le gustara la frase. Por la mañana seguía dormido, con la ropa puesta y la botella entre los brazos. Era un hombre de unos cincuenta años, de rostro ajado y distinguido, y, por curioso que parezca, iba bastante bien vestido. Era raro ver sus zapatos de charol asomando de aquella cama mugrienta. Entonces caí en que el brandy de cerezas debía de haberle costado el equivalente a una semana de alojamiento, así que no debía de estar muy mal de dinero. Tal vez frecuentase las casas de huéspedes en busca de «mariquitas».

Las camas estaban a menos de dos pies unas de otras. A medianoche desperté y sorprendí al tipo de al lado intentando robarme el dinero que guardaba debajo de la almohada. Fingía dormir y deslizaba la mano por debajo sigiloso como una rata. Por la mañana vi que era un jorobado con brazos largos y simiescos. Le conté a Paddy lo del intento de robo y se echó a reír.

«¡Dios! Más vale que te vayas acostumbrando. Estas casas de huéspedes están llenas de ladrones. En algunas, lo único seguro es dormir con la ropa puesta. En una ocasión vi cómo le robaban a un cojo la pata de palo. Otra vez, un tipo de casi noventa kilos se presentó en una pensión con cuatro libras y media. Metió el dinero debajo del colchón. "Bueno —dijo—, si algún… quiere este dinero tendrá que pasar por encima de mi cadáver." Pero, aun así, lo limpiaron. Por la mañana despertó en el suelo. Cuatro tipos habían levantado el colchón por las esquinas como si fuera una pluma. No volvió a ver sus cuatro libras y media.»

XXX

A la mañana siguiente volvimos a buscar al amigo de Paddy, que se llamaba Bozo y era pintor callejero. En el mundo de Paddy no existían las señas, pero tenía la vaga idea de que Bozo podía estar en Lambeth, y al final nos lo encontramos en el Embankment, donde se había instalado, no muy lejos del puente de Waterloo. Estaba arrodillado en la acera con una caja de tizas, copiando un esbozo de Winston Churchill de un libro de apuntes de un penique. El parecido no estaba mal. Bozo era un hombrecillo atezado, de nariz ganchuda y cabello rizado que le caía sobre la frente. Tenía la pierna derecha horriblemente deformada, con el pie torcido hacia delante de una forma espantosa. Por su aspecto, cualquiera lo habría tomado por judío, pero él lo negaba con vehemencia. Decía que su nariz ganchuda era «romana» y se enorgullecía de su parecido con un emperador romano, creo que con Vespasiano.

Bozo hablaba de un modo muy extraño, una especie de cockney lúcido y expresivo. Era como si hubiese leído buenos libros, pero no se hubiera molestado en perfeccionar su gramática. Paddy y yo nos quedamos un rato charlando con él en el Embankment, y Bozo nos habló de su oficio. Repito lo que nos dijo, más o menos con sus mismas palabras:

«Soy lo que se llama un artista serio. No dibujo con tiza blanca como los demás, uso los mismos colores que los pintores, y eso que son carísimos, sobre todo los rojos. Gasto cinco chelines en colores al día, y nunca menos de dos.[1] Lo mío son las caricaturas, ya sabes, de política, de críquet y demás. Mira —me mostró su cuaderno—, aquí tengo retratos de todos los políticos que he copiado de los periódicos. Cada día dibujo una caricatura diferente. Por ejemplo, cuando estaban discutiendo el Presupuesto, dibujé una de Winston intentando empujar a un elefante con las letras «Deuda», y debajo escribí: "¿Podrá moverlo?". ¿Lo pillas? Se pueden hacer caricaturas de todos los partidos, siempre que no sea a favor del socialismo, porque la policía no lo tolera. Una vez dibujé una caricatura de una boa constrictor que era el Capital engullendo a un conejo que era el Partido Laborista. Llegó un poli, lo vio y me dijo: "Ya puedes borrar eso y rapidito". No me quedó más remedio que borrarlo. Cualquier poli puede detenerte por vagancia, así que es mejor no enfrentarse con ellos».

Pregunté a Bozo cuánto podía ganar con eso.

«En esta época del año, cuando no llueve, saco tres libras entre el viernes y el domingo, la gente cobra el salario el viernes, ¿entiendes? No puedo trabajar cuando llueve, porque el agua se lleva los colores. Como media a lo largo del año gano una libra a la semana, porque en invierno apenas se puede trabajar. El día de la regata remera o el del final de la copa puedo ganar hasta cuatro libras. Pero hay que sacárselas a la gente, si te limitas a sentarte y verla pasar no sacas ni un chelín. Lo normal es que te den medio penique y, si no les das conversación, ni eso. Una vez que te responden les da vergüenza no darte algo. Lo mejor es cambiar de dibujo cada poco, porque si te ven pintar se paran a mirar. Lo malo es que los muy canallas se largan en cuanto ven que vas a pasar el sombrero. En este negocio lo ideal es tener un ayudante. Te pones a pintar y dejas que la gente se pare a mirar mientras el ayudante se acerca por detrás

---

1. Los pintores callejeros compran los colores en polvo y los endurecen con leche condensada.

sin que lo sepan. De pronto se quita el sombrero y es como si los tuvieras entre dos fuegos. Los verdaderamente encopetados nunca dan nada. Los más generosos son los de peor aspecto y los extranjeros. Ha habido japoneses y negros que me han dado hasta seis peniques. No son tan agarrados como los ingleses. Y otro detalle importante es que hay que guardarse el dinero y dejar como mucho un penique en el sombrero. Nadie te dará nada si ven que tienes ya un chelín o dos.»

Bozo sentía el mayor de los desprecios por los demás pintores callejeros del Embankment. Los llamaba «bandejas de salmón». En esa época había un pintor callejero cada veinticinco yardas a lo largo del Embankment, pues era la distancia mínima acordada entre puestos. Bozo señalaba con desdén a un pintor callejero de barba blanca que había a unas cincuenta yardas.

«¿Has visto a ese viejo idiota? Lleva diez años dibujando lo mismo todos los días. "*Un amigo fiel*", lo titula. Es un perro sacando a un niño del agua. El muy imbécil dibuja peor que un niño de diez años. Ha aprendido a hacer ese dibujo como quien aprende a encajar las piezas de un puzle. Hay muchos más como él. A veces vienen a copiarme mis ideas, pero me da igual, los muy cretinos no saben pensar por su cuenta, así que siempre voy por delante. La clave de las caricaturas es estar al día. Una vez un niño metió la cabeza entre los barrotes del puente de Chelsea. Pues bien, me enteré y mi caricatura estaba en la acera antes de que sacaran de allí al niño. Hay que ser rápido.»

Bozo me pareció un hombre interesante y quise volver a verlo Esa misma noche bajé al Embankment para encontrarme con él, pues había quedado en llevarnos a Paddy y a mí a una casa de huéspedes al sur del río. Bozo borró sus dibujos de la acera y contó la recaudación: ascendía a unos dieciséis chelines, de los cuales, según dijo, doce o trece serían beneficios. Fuimos andando a Lambeth. Bozo renqueaba con unos andares parecidos a los de un cangrejo, medio de lado y arrastrando el pie deforme. Llevaba un bastón en cada mano y la caja de colores colgada al hombro. Cuando estábamos cruzando el río se detuvo a descansar. Guardó silencio un minuto o dos y, para mi sorpresa, vi que estaba mirando las estrellas. Me tocó en el hombro y señaló el cielo con el bastón.

—Oye, ¡mira Aldebarán. Fíjate qué color! ¡Parece una… enorme naranja sanguina!

Por su modo de hablar, lo mismo podría haber sido un crítico de arte en una galería de pintura. Me quedé perplejo. Confesé que no sabía cuál era Aldebarán, de hecho ni siquiera había reparado en que las estrellas tuviesen colores diferentes. Bozo empezó a darme unas nociones de astronomía y me indicó las principales constelaciones. Parecía preocupado por mi ignorancia. Le dije sorprendido:

—Sabes mucho de estrellas.

—No mucho, solo un poco. Tengo dos cartas del Real Observatorio Astronómico agradeciéndome mis escritos sobre unos meteoros. De vez en cuando salgo de noche y observo el firmamento en busca de meteoros. Las estrellas son un espectáculo gratuito; usar los ojos no cuesta nada.

—¡Qué buena idea! Jamás se me habría ocurrido.

—Bueno, con algo hay que entretenerse. No creo que, porque estés en la calle, no puedas pensar más que en conseguir un té con dos rebanadas.

—Pero ¿no te parece difícil interesarse por algo como las estrellas cuando se lleva esta vida?

—¿De pintor callejero? No necesariamente. Si te lo propones, no tienes por qué convertirte en un puñetero borrego.

—Parece causar ese efecto en casi todo el mundo.

—Claro, mira a Paddy, un gorrón que no hace más que beber té y buscar colillas por las aceras. Así acaban casi todos. Los desprecio. Pero no hay por qué acabar como ellos. Si tienes una educación, da igual que pases el resto de tu vida en la calle.

—Pues yo he comprobado justo lo contrario —respondí—. Por lo que he visto, cuando le quitas a un hombre su dinero ya no sirve para nada.

—No, no tiene por qué ser así. Si te lo propones, puedes vivir igual seas pobre o rico. Puedes seguir con tus libros y con tus ideas. No tienes más que decirte: «Aquí dentro soy libre» —se tocó la frente con el dedo—, y todo irá bien.

Bozo siguió hablando de forma parecida y yo le escuché con atención. Era un pintor callejero muy peculiar, y además fue la primera persona a quien oír decir que la propiedad carecía de importancia. Lo vi bastante esos días porque llovió y apenas pudo trabajar. Me contó la historia de su vida, que me pareció muy curiosa.

Era hijo de un librero arruinado, había empezado a trabajar como pintor de brocha gorda a los dieciocho años y había servido tres años en la guerra en Francia y en la India. Después de la guerra había encontrado trabajo en París y había pasado allí varios años. Le gustaba más Francia que Inglaterra (despreciaba a los ingleses), las cosas le fueron bastante bien y hasta consiguió ahorrar dinero y se prometió con una chica francesa. Un día la joven murió atropellada por un ómnibus. Bozo se pasó una semana bebiendo, y luego volvió a trabajar un tanto tembloroso; esa misma mañana se cayó del andamio en el que trabajaba a cuarenta pies del suelo y se hizo papilla el pie derecho. Por alguna razón solo cobró sesenta libras de indemnización. Regresó a Inglaterra, gastó el dinero buscando trabajo, intentó vender botas en el mercado de Middlesex Street, luego probó suerte vendiendo juguetes con un carrito y por fin se dedicó a ser pintor callejero. Desde entonces había vivido al día, medio muerto de hambre en invierno y pernoctando a menudo en el albergue del Embankment. Cuando lo conocí solo tenía la ropa que llevaba puesta, los útiles de dibujo y unos cuantos libros. La ropa eran los consabidos harapos de mendigo, pero llevaba cuello y corbata, de la que se sentía muy orgulloso. El cuello, de un año o más de antigüedad, estaba desgastado y él lo remendaba con trocitos cortados del faldón de la camisa hasta que casi se quedó sin faldones. La pierna cada vez estaba peor y lo más probable era que acabasen teniendo que amputársela, y de tanto arrodillarse sobre los adoquines tenía unos callos en las rodillas gruesos como suelas de zapato. Era evidente que su futuro era la mendicidad y la muerte en el hospicio.

Pese a todo, no sentía temor, remordimiento, vergüenza, ni lástima de sí mismo. Se había enfrentado a su situación y había elaborado su propia filosofía. Según decía, él no tenía la culpa de ser mendigo y se negaba a preocuparse o sentir reparos por ello. Era el enemigo de la sociedad y estaba dispuesto a cometer cualquier delito si se presentaba la ocasión. Se negaba por principio a ser ahorrativo. En verano no ahorraba y gastaba sus ganancias en bebida, pues las mujeres no le interesaban. Si al llegar el invierno no le quedaba ni un penique, tanto peor para la sociedad, que debería cuidar de él. Estaba dispuesto a sacarle a la beneficencia hasta el último penique siempre que no tuviese que agradecérselo. Nunca iba a las instituciones benéficas religiosas, porque, según decía, se le hacía un nudo en la garganta si tenía que cantar himnos para conseguir bollos. Su código de honor incluía varios puntos más; por ejemplo, se enorgullecía de no haber recogido jamás, ni cuando estaba muerto de hambre, una colilla del suelo. Se consideraba por encima de los mendigos normales, a quienes tenía por una pandilla de individuos rastreros que no tenían ni siquiera la decencia de mostrarse desagradecidos.

Hablaba francés pasablemente bien, había leído algunas novelas de Zola, todas las obras de Shakespeare, los *Viajes de Gulliver* y numerosos ensayos. Sabía cómo describir sus andanzas con palabras que se quedaban grabadas en la memoria. Por ejemplo, un día que hablábamos de funerales me dijo: «¿Alguna vez has visto quemar un cadáver? Yo sí, en la India. Pusieron al pobre desgraciado sobre la pira y poco después casi me da un infarto porque se puso a dar patadas. No eran más que los músculos contrayéndose por el calor, pero me dio un susto de muerte. En fin, se retorció un poco como un arenque sobre las brasas y luego le estalló la barriga con un estruendo que se habría oído a cincuenta yardas. Te aseguro que desde entonces estoy en contra de la cremación».

O, en otra ocasión, a propósito de su accidente:

«Y el médico va y me dice: "Ha caído sobre un pie, amigo. ¡Y menos mal que no ha caído sobre los dos, porque se habría plegado como un puñetero acordeón y los huesos de las piernas le habrían asomado por las orejas!"».

Estaba claro que la frase no era del médico, sino de su cosecha. Tenía un don para las frases. Se las había arreglado para conservar el cerebro intacto y despierto, de modo que nada le podía hacer sucumbir a la pobreza. Daba igual que estuviese helado y harapiento, o incluso muerto de hambre: mientras pudiera leer, pensar y buscar meteoros en el firmamento sería, como él mismo decía, libre de espíritu.

Era un ateo empedernido (de esos que no es que no crean en Dios, sino que le tienen antipatía personal) y le gustaba pensar que los asuntos humanos no tenían arreglo. A veces, decía, cuando dormía en el Embankment le había consolado contemplar Marte o Júpiter y pensar que era probable que allí también hubiese gente durmiendo en la calle. Tenía una curiosa teoría al respecto. La vida en la Tierra, según él, es difícil, porque el planeta es pobre en cuanto a las necesidades de la existencia. Marte, con su clima frío y su escasez de agua, debía de ser mucho más pobre, y en consecuencia la vida sería mucho más difícil. Si en la Tierra se limitan a meterte en la cárcel por robar seis peniques, en Marte probablemente te hervirían vivo. No sé por qué, pero la idea le alegraba. Era un hombre excepcional.

XXXI

La pensión a la que nos llevó Bozo costaba nueve peniques la noche. Era un sitio grande y concurrido, capaz de alojar a quinientas personas, además de un notorio refugio de vagabundos, mendigos y rateros. En ella convivían todas las razas, incluso blancos y negros, en términos de igualdad. También había indios y cuando le hablé a uno en urdu macarrónico, me respondió tuteándome, algo impensable si hubiésemos estado en la India. Habíamos caído por debajo de los prejuicios del color de piel. Se vislumbraban vidas muy curiosas. Como la del Abuelo, un vagabundo de setenta años, que se ganaba la vida, al menos en parte, recogiendo colillas del suelo y vendiendo el tabaco a tres peniques la onza; la del Doctor, que era médico de verdad, aunque le habían quitado la licencia por cometer alguna infracción, y que, además de vender periódicos, pasaba consulta por unos peniques; la de un escuálido lascar de Chittagon descalzo y famélico, que había dejado su barco y llevaba días deambulando por Londres, tan perdido e impotente que ni siquiera sabía el nombre de la ciudad donde se encontraba y que, hasta que se lo aclaré, creía estar en Liverpool, o la de un escritor de cartas amigo de Bozo, que escribía conmovedoras súplicas de ayuda para pagar el funeral de su mujer y, cuando alguna carta surtía efecto, se daba solitarios banquetes de pan con margarina. Era un tipo desagradable parecido a una hiena. Hablé con él y comprobé que, como la mayoría de los estafadores, se creía la mayor parte de sus mentiras. La pensión era un oasis para los tipos como él.

Bozo me enseñó las técnicas para mendigar en Londres. Son más complicadas de lo que podría suponerse. Hay muchos tipos de mendigos diferentes y una marcada división social entre los que se limitan a pedir y los que intentan ofrecer alguna cosa a cambio de dinero. Las cantidades que se pueden ganar con los distintos «trucos» también varían. Las historias que cuentan los periódicos dominicales sobre mendigos que mueren con dos mil libras cosidas en los pantalones son, por supuesto, falsas; pero a veces los más afortunados tienen rachas de buena suerte y ganan dinero varias semanas seguidas. Los más prósperos son los acróbatas y los fotógrafos callejeros. En un buen sitio —por ejemplo delante de la cola de un teatro— un acróbata puede ganar cinco libras por semana. Los fotógrafos callejeros ganan más o menos lo mismo, pero dependen de que haga buen tiempo. Tienen un truco muy ingenioso para estimular el negocio. Cuando ven acercarse a una posible víctima, uno de ellos corre detrás de la cámara y finge tomar una fotografía. Luego, cuando la víctima llega a donde están ellos, exclaman:

—Ahí tiene, señor, ha salido muy bien. Es un chelín.

—Pero yo no le he pedido que me la hiciera —se queja la víctima.

—¿Cómo, no la quería? Nos ha parecido que hacía usted un gesto y… ¡Pues hemos echado a perder una placa! Y cuestan medio chelín.

Por lo general, la víctima se compadece y acepta que le tomen la fotografía. Los fotógrafos comprueban la placa y dicen que está estropeada y que le harán otra gratis. Por supuesto, en realidad no han tomado la primera, y si la víctima se niega no pierden nada.

Los organilleros, como los acróbatas, se consideran más artistas que mendigos. Un organillero llamado Shorty, que era amigo de Bozo, me habló de su oficio. Su compañero y él se «trabajaban» los cafés y las tabernas de las cercanías de Whitechapel y Commercial Road. Es un error pensar que los organilleros se ganan la vida en la calle; nueve décimas partes de sus ganancias las obtienen en los cafés y en las tabernas, aunque solo en las baratas, porque en las de más tono no tienen permitida la entrada. El método de Shorty era plantarse a la puerta de una taberna e interpretar una tonada, después de lo cual su compañero, que tenía una pata de palo y sabía inspirar lástima, entraba a pasar el sombrero. Shorty siempre tocaba otra melodía después de recibir alguna limosna, como una especie de bis; pues la idea era que se trataba de un auténtico artista y no que le hubiesen pagado para que se largase. Su compañero y él sacaban entre dos o tres libras a la semana entre los dos, pero, como tenían que pagar quince chelines semanales por el alquiler del organillo, las ganancias se quedaban en una libra semanal. Estaban en la calle de ocho de la mañana a diez de la noche, y los sábados hasta más tarde.

Los artistas callejeros a veces son verdaderos artistas y otras no. Bozo me presentó a uno que sí lo era; es decir, había estudiado bellas artes en París y expuesto sus cuadros en el Salon. Lo suyo eran las copias de los grandes maestros, y se le daba de maravilla, teniendo en cuenta que pintaba en el suelo. Me contó cómo había empezado su carrera como pintor callejero:

«Mi mujer y mis hijos estaban muertos de hambre. Una noche regresé a casa con un montón de esbozos que había llevado a los marchantes, preguntándome cómo diablos podría conseguir un chelín o dos. Entonces vi en el Strand a un tipo arrodillado en el suelo dibujando y la gente le echaba peniques. Cuando pasé a su lado, se levantó y entró en una taberna. "Demonios —pensé—, si él puede ganar dinero así, yo también." Y, en un impulso, me arrodillé y empecé a dibujar con sus tizas. Sabe Dios por qué se me ocurriría, debía de estar medio aturdido por el hambre. Lo raro es que nunca había utilizado pasteles. Tuve que aprender la técnica sobre la marcha. Pues bien, la gente empezó a pararse y a decir que mis dibujos no estaban mal y entre todos me dieron nueve peniques. En ese momento, el otro tipo salió de la taberna. "¿Qué... haces en mi sitio?", me espetó. Le expliqué que estaba muerto de hambre y que tenía que ganar algo. "Ah —respondió—. Entra a beber una pinta." Así que tomamos una pinta y desde ese día me dedico a pintar en las aceras. Gano una libra a la semana. Con eso es imposible mantener a seis hijos, pero, por suerte, mi mujer gana un poco de dinero cosiendo.

»Lo peor de esta vida es el frío y las intromisiones que tienes que soportar. Al principio, como no tenía ni idea, pintaba desnudos en las aceras. El primero lo pinté enfrente de la iglesia de Saint Martin-in-the-Fields. Un tipo vestido de negro, supongo que debía de ser el sacristán o algo así, salió furibundo: "¿Te has pensado que vamos a tolerar esta obscenidad a la puerta de la casa del Señor?". Así que tuve que borrarlo. Era una copia de la Venus de Botticelli. En otra ocasión pinté el mismo cuadro en el Embankment. Llegó un policía, lo miró y, sin decir palabra, lo pisoteó y lo borró con sus enormes pies planos».

Bozo también se quejaba de las intromisiones de la policía. En esa época había habido un caso de «conducta inmoral» en Hyde Park en el que la policía se había extralimitado. Bozo pintó un dibujo de Hyde Park con policías ocultos en los árboles y la leyenda: «Adivinanza, ¿dónde están los policías?». Le dije que sería mucho más explícito si pusiera: «Adivinanza, ¿dónde está la conducta inmoral?», pero Bozo no quiso ni oír hablar del asunto. Dijo que el primer policía que lo viera lo echaría y perdería su sitio en la acera.

Por debajo de los pintores callejeros están los que cantan himnos, o venden cerillas, cordones para botas o sobres con unos granos de lavanda que llaman, de manera eufemística, «perfume». Son auténticos mendigos que se aprovechan de su aspecto mísero y ninguno gana más de media corona al día. La razón por la que fingen vender cerillas o cualquier otra cosa en lugar de mendigar sin más, es que se lo exige la absurda ley inglesa sobre la mendicidad. Según la ley actual, si te acercas a un desconocido y le pides dos peniques, puede llamar a la policía y hacer que te encierren siete días por mendicidad. En cambio, si emponzoñas el aire tarareando «Nearer, my God to Thee», pintarrajeas unos mamarrachos en la acera o te plantas con una bandeja de cerillas —en suma, si te dedicas a molestar a los demás—, se considera que estás ejerciendo un negocio legítimo y no mendigando. La venta de cerillas y el cántico de himnos en la calle no son más que delitos legalizados. Aunque muy poco provechosos; no hay un solo cantante ni vendedor de cerillas en Londres que gane cincuenta libras anuales, un salario ínfimo a cambio de pasar ochenta y cuatro horas de pie a la semana en el bordillo con los coches rozándote la espalda.

Vale la pena decir unas palabras sobre la condición social de los mendigos, pues cuando te relacionas con ellos y descubres que son personas normales, resulta imposible no sorprenderse por la actitud que adopta ante ellos la sociedad. La gente parece tener la sensación de que hay una diferencia esencial entre los mendigos y los trabajadores «normales». Son una raza aparte, marginados como los criminales y las prostitutas. Los trabajadores «trabajan», los mendigos no; son parásitos, seres inferiores por naturaleza. Se da por sentado que un mendigo no se gana la vida, como puedan hacerlo un albañil o un crítico literario. Es una simple excrecencia social, tolerada, porque vivimos en una era compasiva, pero en esencia despreciable.

Sin embargo, si se mira de cerca, se ve que no hay una diferencia esencial entre la forma de ganarse la vida de los mendigos y la de mucha gente respetable. Se dice que los mendigos no trabajan; pero ¿qué es trabajar? Un peón trabaja blandiendo un pico. Un contable sumando cifras. El mendigo trabaja pasando el día al aire libre haga el tiempo que haga, padeciendo varices, bronquitis crónica, etc. Es un oficio como cualquier otro; bastante inútil, desde luego, pero muchos oficios respetables también lo son. Y, como tipo social, el mendigo resiste la comparación con muchos otros. Es más honrado que los vendedores de la mayoría de los remedios medicinales, más noble que cualquier propietario de periódico dominical y más amable que un prestamista; en suma, es un parásito, pero bastante inofensivo. Rara vez saca de la sociedad más que lo suficiente para vivir y lo paga con creces con su sufrimiento, y eso debería bastar para justificarlo desde el punto de vista de nuestra ética. No creo que haya nada que permita incluir a los mendigos en una clase distinta a la de las demás personas, ni que otorgue a la mayoría de los hombres modernos el derecho de despreciarlos.

Se plantea entonces la pregunta: ¿por qué se les desprecia?, porque el caso es que sufren un desprecio universal. Creo que la razón es que no pueden ganar suficiente dinero. En la práctica, a nadie le importa si un trabajo es útil o inútil, productivo o parasítico; lo único que se le pide es que sea provechoso. ¿Qué otro sentido tiene toda esa cháchara sobre la energía, la eficiencia, los servicios sociales y demás sino: «Gana dinero, gánalo legalmente y gana mucho»? El dinero se ha convertido en la prueba de la virtud. Los mendigos no la pasan y por eso se les desprecia. Si se pudieran ganar diez libras a la semana con la mendicidad, se convertiría de inmediato en una profesión respetable. Un mendigo, mirado con realismo, no es más que un hombre de negocios que se gana la vida, igual que cualquier otro negociante: como mejor puede. No ha vendido su honor más que el resto de la gente moderna; sencillamente, ha cometido el error de escoger un oficio en el que resulta imposible hacerse rico.

XXXII

Quiero reproducir algunas notas, lo más breves posibles, sobre la jerga y las palabras malsonantes londinenses. He aquí (quitando las que todo el mundo conoce) algunas de las palabras en argot utilizadas hoy en Londres. Un mangante: un mendigo o artista callejero de cualquier tipo. Un pordiosero: alguien que mendiga sin más sin fingir ninguna otra ocupación. Un subalterno: alguien que pasa la gorra para un mendigo. Un chantre: un cantante callejero. Un piernas: un bailarín callejero. Un retratista: un fotógrafo callejero. Un gorrilla: uno que busca aparcamiento a los coches. Un gancho: el cómplice de un trilero, que anima a las víctimas fingiendo apostar algo. Un pasmarote: un policía de paisano. Un pies planos: un policía. Un romaní: un gitano. Un trotacaminos: un vagabundo.

Una dádiva: la limosna que se le da a un mendigo. *Funkum*: lavanda o cualquier otro perfume vendido en sobres. Una tasca: una taberna. Papeles: la licencia de vendedor callejero. Una piltra: un sitio donde dormir o pasar la noche. Humo: Londres. Una gachí: una mujer. El hotel: el albergue. El hostal: el albergue. Un *tosheroon*: media corona. Un *deaner*: un chelín. Un *hog*: un chelín. Un *sprowsie*: seis peniques. Chatarra: calderilla. Un tamboril: una cazuela. Aguachirle: sopa. Un chugao: un piojo. Picadura: tabaco hecho con colillas. Un palo o una caña: la palanca de un ladrón. Una Lleona: una caja fuerte. Una lanza: el soplete de oxiacetileno de un ladrón. Jamar: tragar. Afanar: robar. Acampar: dormir al raso.

La mitad de estas palabras se pueden encontrar en cualquier buen diccionario. Es interesante especular sobre el origen de algunas de ellas, aunque en algunos casos, por ejemplo *funkum* y *tosheroon*, sea imposible conjeturarlo. *Deaner* presumiblemente viene de *denier*. «Gorrilla» (con el verbo «gorrear») es de origen incierto y es un ejemplo de la formación de nuevas palabras, pues en su sentido actual no puede ser más antiguo que la invención del automóvil. «Gancho» también es de origen incierto. Otras palabras son típicas del East End y no se oyen al oeste de Tower Bridge. «Humo» solo la usan los mendigos. «Piltra» viene del francés. Hasta hace poco se utilizaba la palabra «catre», pero ha caído en desuso.

La jerga y el dialecto londinenses parecen cambiar muy deprisa. No queda ni rastro del antiguo acento descrito por Dickens y Surtees. El acento cockney tal como lo conocemos parece haber aparecido en torno a 1840 (se describe por primera vez en un libro estadounidense *Chaqueta blanca*, de Herman Melville) y también está cambiando. La jerga cambia a la vez que el acento. Hace veinticinco o treinta años, por ejemplo, estaba en pleno auge el argot rimado, en el que las cosas se nombraban con alguna otra palabra que rimara con ellas. Estaba tan extendido que incluso llegó a reproducirse en algunas novelas, pero hoy casi ha desaparecido.[1] Es posible que las palabras que he citado más arriba también hayan desaparecido dentro de veinte años.

Las palabras malsonantes también cambian, o al menos, están sujetas a las modas. Por ejemplo, hace veinte años las clases trabajadoras londinenses utilizaban la palabra «maldito». Hoy han dejado de usarla, aunque los novelistas continúan retratándolas como si siguieran usándola. Ningún londinense (en el caso de los irlandeses o los escoceses es diferente) dice hoy

---

1. Hoy sobrevive solo en algunas formas cortas.

«maldito» a no ser que se trate de una persona educada. De hecho, la palabra ha ascendido en la escala social y ha dejado de ser una palabra malsonante para las clases trabajadoras. El adjetivo que en la actualidad se añade a cada nombre es «puto». Sin duda, con el tiempo «puto», como «maldito», se abrirá paso en los salones y será reemplazada con alguna otra palabra.

La cuestión de las palabras malsonantes, y en especial de las palabras malsonantes inglesas, es misterioso. Por su propia naturaleza, es tan irracional como la magia; de hecho, es una especie de magia. Pero también encierra la siguiente paradoja: nuestra intención al decirlas es herir y escandalizar y lo hacemos utilizando algo que debería callarse, por lo general relacionado con las funciones sexuales. Pero lo raro es que cuando una palabra se establece como malsonante, parece perder su significado original; es decir, pierde lo que la convirtió en malsonante. Una palabra se convierte en una palabrota porque significa alguna cosa, y desde el momento en que se convierte en una palabrota deja de significar eso. Por ejemplo, «joder». Los londinenses apenas usan dicha palabra con su sentido original; está en sus labios de la mañana a la noche, pero es un simple expletivo y no significa nada. Lo mismo ocurre con «coño», que está perdiendo su significado original. Se me ocurren ejemplos parecidos en francés, por ejemplo *foutre*, que hoy es un expletivo que casi ha perdido su significado. La palabra *bougre* también se emplea en París de vez en cuando, pero los que la utilizan no saben lo que significaba en otro tiempo. La regla parece ser que las palabras aceptadas como malsonantes tienen un carácter mágico, que las coloca aparte y hace que no puedan utilizarse en una conversación normal.

Las palabras empleadas como insultos parecen gobernadas por la misma paradoja que las malsonantes. Lo lógico sería suponer que una palabra se convierte en insulto porque significa algo malo; pero, en la práctica, su valor como insulto apenas tiene nada que ver con su significado real. Por ejemplo, el peor insulto que se le puede dedicar a un londinense es «cabrón», aunque, si pensamos en su verdadero significado, apenas puede considerarse como tal. Y el peor insulto que se puede dedicar a una mujer, tanto en Londres como en París, es «vaca», un nombre que podría incluso ser un cumplido, pues las vacas se cuentan entre los animales más amables. Es evidente que una palabra es un insulto solo porque se dice con intenciones insultantes, con independencia de lo que diga el diccionario; las palabras, sobre todo las malsonantes, se convierten en lo que la gente quiere que sean. En relación con esto, es interesante ver cómo cambian de carácter al cruzar una frontera. En Inglaterra se puede escribir *Je m'en fous* sin que nadie se queje. En Francia hay que escribir *Je m'en f...* O, por tomar otro ejemplo, pensemos en la palabra indostana *bahinchut*, un insulto vil e imperdonable en la India, cuyo derivado inglés se considera gracioso. Lo he visto incluso en un libro de texto escolar, en una de las obras de Aristófanes para reproducir la jerigonza del embajador persa. Es de presumir que el traductor sabía lo que significa *bahinchut*. Pero, al tratarse de una palabra extranjera, había perdido sus cualidades mágicas como insulto y podía escribirse.

Otro rasgo notable es que en Londres los hombres no maldicen delante de las mujeres. En París es diferente. Un obrero parisino puede optar por no maldecir en presencia de una mujer, pero no será muy escrupuloso al respecto y las propias mujeres maldicen con frecuencia. Los londinenses son más educados, o más remilgados, en este aspecto.

Estas no son más que unas notas que he tomado más o menos a vuelapluma. Es una lástima que algún especialista no lleve un anuario de la jerga y los insultos londinenses y registre los cambios con exactitud. Podría arrojar luz sobre la formación, el desarrollo y la obsolescencia de las palabras.

XXXIII

Las dos libras que me había dado B. nos duraron unos diez días. Y si duraron tanto fue gracias a Paddy, que en la calle había aprendido a ahorrar y consideraba que una comida al día era un despilfarro absurdo. La comida para él era sinónimo solo de pan con margarina —el eterno té con dos rebanadas— que sirve para engañar al hambre una o dos horas. Me enseñó a vivir —comida, cama y tabaco incluidos— por media corona al día. Y se las arregló para ganar unos cuantos chelines más haciendo de gorrilla por las noches. Era un trabajo precario, amén de ilegal, pero aportaba un poco más y ayudó a estirar nuestro dinero.

Una mañana solicitamos un trabajo de hombre anuncio. Nos presentamos a las cinco de la madrugada en la parte de atrás de unas oficinas, pero había ya una cola de treinta o cuarenta hombres esperando y, después de varias horas, nos dijeron que no había trabajo para nosotros. No nos perdimos gran cosa, porque es un trabajo muy poco envidiable. El salario son unos tres chelines diarios por diez horas de trabajo, es muy cansado —sobre todo si hace viento— y además no hay manera de escaquearse, porque un inspector pasa a menudo a comprobar que estás haciendo la ronda. Para colmo, solo contratan por días, a veces hasta tres, pero nunca por semanas, así que hay que esperar horas cada mañana. El número de desempleados dispuestos a hacer el trabajo les impide exigir mejores condiciones. El trabajo que ambicionan todos los hombres anuncio es repartir folletos a cambio de un salario similar. Cuando ves a un hombre distribuyendo folletos le haces un gran favor aceptando uno, pues su jornada acaba cuando termina de repartirlos.

Entretanto, continuamos con la vida en la pensión, una vida miserable, anodina y de un aburrimiento abrumador. Pasábamos días enteros sin otra cosa que hacer que sentarnos en la cocina subterránea y leer el periódico del día anterior, o, si lo conseguías, un número atrasado del *Union Jack*. En esa época llovió mucho, todo el mundo estaba empapado y la cocina hedía. El único aliciente era el té con dos rebanadas. No sé cuánta gente habrá llevando esta vida en Londres, deben de ser miles. En cuanto a Paddy, hacía dos años que las cosas no le iban tan bien. Sus interludios entre vagabundeos, cada vez que había conseguido reunir unos chelines, habían sido siempre así y en los caminos vivía un poco peor. Al oír su voz quejosa —siempre gimoteaba cuando tenía hambre—, te dabas cuenta de la tortura que era para él estar sin trabajo. La gente se equivoca cuando cree que a un desempleado lo único que le angustia es haberse quedado sin su salario; al contrario, la gente analfabeta, con la costumbre del trabajo metida en los huesos, necesita el trabajo más que el dinero. Un hombre educado puede soportar el ocio forzoso, que es uno de los peores males de la pobreza. Pero un hombre como Paddy, incapaz de ocupar su tiempo, es tan desdichado sin trabajo como un perro atado a una cadena. Por eso es tan absurdo fingir que hay que compadecerse de los venidos a menos, porque quienes verdaderamente merecen nuestra compasión son los que han estado abajo desde siempre y se enfrentan a la pobreza desanimados y sin recursos.

Fue una época gris y apenas conservo de ella otros recuerdos que las conversaciones con Bozo. Una vez invadió la pensión un grupo que estaba visitando los barrios bajos. Paddy y yo habíamos salido y, cuando regresamos por la tarde, nos pareció oír música en el piso de abajo. Encontramos a tres personas distinguidas, muy bien vestidas, que celebraban un servicio religioso en nuestra cocina. Eran un caballero muy solemne con levita, una dama sentada ante un armonio portátil y un joven apocado que toqueteaba un crucifijo. Por lo visto, habían entrado sin que nadie los invitara y se habían puesto a celebrar el servicio religioso.

Fue un placer ver cómo reaccionaban los huéspedes ante aquella intromisión. Ninguno se mostró grosero y se limitaron a no hacerles el menor caso. Por una especie de acuerdo común, todos los que estaban en la cocina —puede que unos cien hombres en total— actuaron como si no los vieran. Los tres siguieron cantando y exhortándonos con paciencia, sin que nadie les prestase más atención que a un insecto. El caballero de la levita pronunció un sermón, pero apenas se le oía entre el habitual bullicio de canciones, blasfemias y entrechocar de cazuelas. Los hombres se sentaron a comer y a jugar a las cartas a tres pies del armonio como si tal cosa. Al cabo de un rato se dieron por vencidos y se marcharon sin recibir ningún insulto, tan solo indiferencia. Sin duda debieron de consolarse pensando en lo valientes que habían sido «al aventurarse en los tugurios más bajos», etc., etc.

Bozo me contó que aquella gente iba a la pensión varias veces al mes. Tenían contactos en la policía y el «encargado» no podía prohibirles la entrada. Es curioso que la gente se crea con derecho a sermonearte y rezar por ti en cuanto tus ingresos caen por debajo de cierto nivel.

Al cabo de nueve días, las dos libras de B. se habían reducido a un chelín y nueve peniques. Paddy y yo guardamos dieciocho peniques para pagar la pensión y gastamos tres en compartir el consabido té con dos rebanadas, más un aperitivo que una comida. Por la tarde estábamos muertos de hambre y Paddy recordó una iglesia cerca de la estación de King's Cross donde repartían té gratis a los vagabundos una vez por semana. Era ese día, así que decidimos ir. A pesar de que llovía y de que estaba casi sin un penique, Bozo no quiso acompañarnos y afirmó que lo suyo no eran las iglesias.

Había cien personas esperando a la puerta, tipos sucios que habían acudido desde muy lejos atraídos por la promesa de un té gratis, como buitres alrededor de un búfalo muerto. Al cabo de un rato, las puertas se abrieron y un clérigo y varias jóvenes nos llevaron a una galería en la parte de arriba. Era una iglesia evangélica, sobria y fea, con textos sobre la sangre y el fuego escritos en las paredes y un himnario con mil doscientos cincuenta y un himnos; después de leer algunos de ellos, decidí que podía considerarse una antología de mala poesía. Después del té iba a celebrarse un servicio religioso y los fieles estaban ocupando ya sus sitios en la iglesia. Era un día laborable y había solo una decena, en su mayoría viejas demacradas como aves hirviendo en la cazuela. Nos acomodamos en los bancos de la galería y nos dieron el té: una jarra a cada uno y seis rebanadas de pan con margarina. En cuanto se acabó el té, una decena de vagabundos que se habían quedado cerca de la puerta se largaron para librarse del servicio religioso. Los demás se quedaron, no tanto por gratitud, como porque no tenían suficiente descaro para marcharse.

Sonaron los acordes preliminares del órgano y dio comienzo la misa. Al instante, como a una señal, los vagabundos empezaron a comportarse de la manera más atroz. No imaginaba que fuese posible presenciar escenas así en una iglesia. Los hombres se movían en sus asientos, se reían, conversaban y arrojaban bolitas de pan a la congregación; tuve que obligar, más o menos por la fuerza, al tipo que tenía al lado a que no encendiera un cigarrillo. Los vagabundos observaron el servicio religioso como un espectáculo puramente cómico. De hecho, fue un servicio bastante ridículo —de esos en los que se oyen repentinos gritos de «¡Aleluya!» e incontables oraciones improvisadas—, pero su comportamiento sobrepasó todos los límites. Había un sujeto en la congregación —un tal hermano Bootle— que nos exhortaba a menudo a rezar y, cada vez que se levantaba, los vagabundos empezaban a patear como en el teatro; contaron que en una ocasión había alargado una oración improvisada veinticinco minutos hasta que el pastor se vio obligado a interrumpirle. Una vez, cuando el hermano Bootle se levantó, un vagabundo exclamó: «¡Dos contra uno a que no aguanta siete minutos!», en voz tan alta que le oyó toda la iglesia. Al cabo de un rato estábamos haciendo más ruido que el pastor. De vez en cuando alguien soltaba un indignado «¡Chis!», pero no causaba ninguna impresión. Nos habíamos propuesto sabotear el servicio y no había quien nos parase.

Fue una escena rara y bastante desagradable. Abajo había un puñado de personas sencillas y bienintencionadas que se esforzaban en rezar, y arriba cien hombres a quienes habían dado de comer que se lo impedían. Un círculo de caras sucias e hirsutas sonreían desde la galería y se mofaban abiertamente. ¿Qué podían hacer unos cuantos hombres y mujeres contra cien vagabundos hostiles? Nos tenían miedo y estábamos abusando de ellos sin más. Era nuestra venganza por habernos humillado al alimentarnos.

El pastor era un hombre valiente. Siguió pronunciando su sermón sobre Josué y casi se las arregló para hacer caso omiso de las burlas y la charla de arriba. Pero al final, harto tal vez, anunció en voz alta: «¡Los últimos cinco minutos de mi sermón los dedicaré a los pecadores condenados!».

Dicho lo cual, se volvió hacia la galería y siguió así cinco minutos, por si quedaba alguna duda sobre quiénes se salvarían y quiénes no. Pero ¡nos trajo sin cuidado! Incluso cuando nos amenazó con el fuego del infierno, nos dedicamos a liar cigarrillos y, después del último amén, bajamos con mucho ruido por las escaleras, y algunos quedaron en volver a tomar otra vez el té la semana siguiente.

La escena me interesó por lo distinta que fue del comportamiento habitual de los vagabundos y la vil gratitud con que por lo general aceptan la caridad. La explicación, claro, era que aventajábamos en número a la congregación y por eso no les temíamos. Quien recibe alguna caridad odia casi siempre a su benefactor; es una característica inamovible de la naturaleza humana, y cuando tiene a cincuenta o cien personas que lo respaldan, lo demuestra.

Por la noche, después del té gratis, Paddy ganó inesperadamente otros dieciocho peniques trabajando de gorrilla. Era justo lo que necesitábamos para pagarnos otra noche en la pensión, así que lo guardamos y pasamos hambre hasta las nueve de la noche siguiente. Bozo, que podría habernos dado comida, estuvo fuera todo el día. Las aceras estaban mojadas y había ido a Elephant and Castle, donde conocía un sitio debajo de una marquesina. Por suerte me quedaba un poco de tabaco, así que el día podía haber sido peor.

A las ocho y media, Paddy me llevó al Embankment, donde había un clérigo que repartía cupones de comida una vez a la semana. Debajo del puente de Charing Cross esperaban cincuenta personas cuyas siluetas se reflejaban en los charcos temblorosos. Algunos eran individuos verdaderamente espantosos: pernoctaban en el Embankment, que atrae a tipos mucho peores que el albergue. Recuerdo que uno de ellos llevaba un abrigo sin botones, atado con una cuerda, unos pantalones harapientos y unas botas que dejaban asomar los dedos. Tenía barba de faquir y se había embadurnado el pecho y los hombros con alguna espantosa porquería negra parecida al aceite del tren. Lo poco que se veía de su rostro, entre la mugre y el cabello, estaba lívido como la pared por culpa de alguna enfermedad maligna. Le oí hablar y tenía un acento agradable, como el de un oficinista o el vigilante de una tienda.

Enseguida apareció el clérigo y los hombres se pusieron en cola por orden de llegada. Era un hombre joven, amable y rollizo que, curiosamente, se parecía a Charlie, mi amigo de París. Parecía tímido y cohibido y apenas dijo más que buenas tardes; se limitó a recorrer la cola y a entregar un cupón a cada hombre sin esperar a que le dieran las gracias. La consecuencia fue que, por una vez, sintieron verdadera gratitud y todo el mundo dijo que el clérigo era un… buen tipo. Alguien dijo, por supuesto, a modo de cumplido (y lo bastante cerca para que pudiera oírle): «¡En fin, este no llegará a… obispo!».

Los cupones eran por valor de seis peniques cada uno y podían canjearse en una casa de comidas que había cerca. Cuando llegamos, descubrimos que el dueño, sabedor de que los vagabundos no tenían a quién quejarse, les estaba timando y les daba solo cuatro peniques de comida por cupón. Paddy y yo juntamos los cupones y recibimos comida que habríamos podido conseguir por siete u ocho peniques en cualquier café. El clérigo había repartido más de una libra en cupones, así que el dueño les timaba a los vagabundos siete chelines o más a la semana. Esos abusos forman parte de la vida cotidiana del vagabundo y seguirán siéndolo mientras la gente continúe dando cupones en vez de comida.

Paddy y yo volvimos a la pensión todavía hambrientos, haraganeamos un rato en la cocina y sustituimos la comida por el calor del fuego. A las diez y media llegó Bozo cansado y demacrado, pues andar con la pierna lisiada era para él un suplicio. No había ganado ni un penique con sus dibujos, pues todos los sitios debajo de la marquesina estaban ocupados, así que había mendigado varias horas sin que lo viese la policía y había conseguido ocho peniques, uno menos de lo que costaba la piltra. Hacía rato que se había pasado la hora de pago y se las había arreglado para colarse cuando no miraba el encargado; en cualquier momento podían sorprenderlo y echarlo y tendría que irse a dormir al Embankment. Bozo sacó lo que llevaba en los bolsillos y se quedó mirando indeciso sin saber qué vender. Se decidió por la cuchilla de afeitar, fue a la cocina y al cabo de unos minutos la había vendido por tres peniques: suficiente para pagarse la piltra, comprar una taza de té y que aún le sobrara medio penique.

Bozo compró la taza de té y se sentó junto al fuego para que se le secara la ropa. Mientras se bebía el té vi que se reía para sus adentros, como si hubiese recordado algo gracioso. Sorprendido, le pregunté de qué se reía.

—¡Es graciosísimo! —exclamó—. Como para publicarlo en *Punch*. ¿A que no sabes lo que he hecho?

—¿Qué?

—¡He vendido la cuchilla sin afeitarme antes! Seré imbécil...

Llevaba sin comer desde por la mañana, había andado varias millas con la pierna lisiada, tenía la ropa empapada y lo único que le separaba de la inanición era medio penique. Y, a pesar de todo, tenía el suficiente sentido del humor para reírse de la pérdida de su cuchilla de afeitar. Era imposible no sentir admiración por él.

XXXIV

A la mañana siguiente, ya casi sin dinero, Paddy y yo fuimos al albergue. Nos dirigimos al sur por la antigua carretera de Kent, en dirección a Cromley; no podíamos ir a un albergue londinense, porque Paddy había estado hacía poco en uno y no quería arriesgarse a volver. Era una caminata de dieciséis millas sobre el asfalto que nos cubrió de ampollas los talones, y para colmo estábamos muertos de hambre. Paddy escudriñaba las aceras y fue acumulando reservas de colillas para cuando estuviese en el albergue. Al final, tanta perseverancia recibió su recompensa, pues encontró un penique. Compramos un trozo muy grande de pan rancio y lo devoramos por el camino.

Cuando llegamos a Cromley, era demasiado pronto para ir al albergue, y anduvimos varias millas más hasta llegar a un bosquecillo al lado de un prado. Se notaba que era un caravasar habitual de los vagabundos por la hierba pisoteada, los periódicos mojados y las latas oxidadas que habían dejado a su paso. Fueron llegando otros vagabundos solos o en parejas. Hacía un agradable tiempo otoñal. No muy lejos crecía una mata de hierba lombriguera; aún hoy me parece recordar el hedor acre de la hierba, que competía con el que despedían los vagabundos. En el prado dos potros de tiro de color castaño con la crin blanca pacían junto a una cerca. Nos tumbamos en el suelo, cansados y sudorosos. Alguien se las arregló para encontrar unas ramas secas y encender una hoguera y todos bebimos té sin leche en una lata que fue pasando de mano en mano.

Algunos vagabundos empezaron a contar historias. Uno de ellos, Bill, era un tipo interesante, un auténtico vagabundo de los de antes, fuerte como un Hércules y enemigo declarado del trabajo. Se jactaba de que, con su fuerza, conseguía trabajo de peón siempre que quería, aunque en cuanto le pagaban el jornal se cogía una borrachera y lo despedían. Entretanto, se dedicaba a pedir, sobre todo a los tenderos. Hablaba así:

«No pienso quedarme mucho tiempo en el... Kent. Es un condado de agarrados, sí señor. Ha habido demasiados mendigos por aquí. Los... panaderos prefieren tirar el pan a la basura a dártelo a ti. Oxford sí que es un buen sitio para mendigar. Cuando estuve allí mendigaba pan, beicon, ternera y por la noche le sacaba medio chelín a los estudiantes para pagarme la piltra. La última noche me faltaban dos peniques, así que fui a un cura y le pedí tres peniques. Me los dio y acto seguido me denunció por pedigüeño. "Estás mendigando", me dijo el poli. "No —respondí—, solo le he preguntado la hora al caballero." El poli me cacheó y encontró dentro del abrigo una libra de carne y dos barras de pan. "¿Y esto qué es? —preguntó—. Será mejor que me acompañes a comisaría." Me cayeron siete días. Nunca volveré a pedirle limosna a un... cura. Pero ¡Dios!, ¿qué me importa a mí que me encierren siete días?, etc., etc.

Por lo visto, su vida consistía en eso: en mendigar, emborracharse y pasar temporadas en el trullo. Se reía al contarlo, como si fuese una broma. No parecía que la mendicidad le resultara muy rentable, porque llevaba solo un traje de pana, una bufanda y una gorra, sin calcetines ni ropa interior. Aun así, estaba gordo y alegre, e incluso olía a cerveza, un olor poco frecuente en un pedigüeño.

Dos de los vagabundos habían estado hacía poco en el albergue de Cromley y contaron una historia de fantasmas relacionada con el lugar. Al parecer, hacía unos años alguien se había suicidado en el albergue. Un vagabundo se las había arreglado para colar una navaja de afeitar en su celda y se había rebanado el cuello. Por la mañana, cuando el vagabundo mayor hizo la ronda, encontró el cadáver apoyado contra la puerta y para abrirla tuvieron que romperle el brazo al hombre. En venganza, el muerto se aparecía en aquella celda y cualquiera que durmiese en ella moría al cabo de un año; por supuesto, conocían numerosos casos. Si la puerta de la celda se atascaba al ir a abrirla, más valía evitarla como a la peste, pues se trataba de la celda encantada.

Dos mendigos que habían sido marineros contaron otra historia espeluznante. Un hombre (los dos juraban haberlo conocido) se había propuesto embarcar como polizón en un barco rumbo a Chile. La carga iba embalada en grandes cajas de madera y, con la ayuda de un estibador, el polizón logró ocultarse en una de ellas. Pero el estibador confundió el orden en que iban a cargar las cajas. La grúa levantó al polizón por los aires y lo dejó en el fondo de la bodega, debajo de cientos de cajas. Nadie descubrió lo sucedido hasta que, al final del viaje, encontraron el cadáver corrompido del pobre hombre que había muerto asfixiado.

Otro vagabundo contó la historia de Gilderoy, el salteador de caminos escocés. Gilderoy era un hombre al que condenaron a la horca, escapó, secuestró al juez que lo había condenado y (¡debía de ser un tipo espléndido!) lo ahorcó. A los demás mendigos les encantó la historia, claro, pero lo curioso fue ver cómo la tergiversaban. Según su versión, Gilderoy escapó a Estados Unidos, cuando en realidad volvieron a capturarlo y lo ejecutaron. Sin duda habían cambiado el final, igual que los niños alteran los relatos sobre Sansón y Robin Hood para que tengan un final feliz aunque sea inventado.

Los vagabundos empezaron a hablar de historia y un viejo afirmó que la «ley del primer mordisco» era un vestigio de la época en que los nobles cazaban personas en lugar de ciervos.

Algunos se burlaron de él, pero no hubo manera de convencerle de lo contrario. Había oído hablar también de las leyes del cereal y del derecho de pernada (creía que había existido de verdad); y de la Gran Rebelión, que, según él, había sido una revuelta de los pobres contra los ricos, tal vez la confundiera con los motines campesinos. Dudo mucho de que aquel viejo supiera leer, y desde luego no estaba repitiendo un artículo de periódico. Sus nociones de historia habían ido pasando de generación de vagabundos en generación de vagabundos, en algunos casos puede que a lo largo de varios siglos. En su caso, la tradición oral seguía vigente como un leve eco de la Edad Media.

Paddy y yo nos presentamos en el albergue a las seis de la tarde y nos marchamos a las diez de la mañana. Era muy parecido al de Romton y al de Edbury y no vimos ni rastro del fantasma. Entre los transeúntes había dos tipos de Norfolk llamados William y Fred que habían sido pescadores y eran aficionados a cantar. Repetían una canción titulada «Bella la desdichada», que vale la pena reproducir. Se la oí cantar media docena de veces esos dos días y acabé aprendiéndomela de memoria, excepto por un verso o dos que he tenido que completar. Decía así:

> *Bella era joven y hermosa,*
> *tenía los ojos azules y el cabello dorado.*
> *¡Ay, desdichada Bella!*
> *Era de paso ligero y de corazón alegre,*
> *pero muy poco sensata, y un día*
> *la dejó encinta*
> *un seductor cruel, malo y desalmado.*
>
> *La pobre Bella era joven, no sabía*
> *que la vida es dura y los hombres traicioneros.*
> *¡Ay, desdichada Bella!*
> *Dijo: «Mi hombre hará lo que es debido,*

se casará conmigo como es su deber»;
confiaba de corazón
en un seductor cruel, malo y desalmado.

Fue a buscarlo a su casa; aquella sucia mofeta
había cogido sus cosas y se había largado.
¡Ay, desdichada Bella!
Su patrona dijo: «Fuera de aquí, furcia,
no dejaré que deshonres mi casa».
La pobre Bella quedó afligida
por un seductor cruel, malo y desalmado.

Pasó toda la noche andando sobre la nieve cruel,
nadie sabe lo que sufrió.
¡Ay, desdichada Bella!
Y, cuando llegó la rosada aurora,
ay, ay, la pobre Bella estaba muerta,
la envió muy joven a su lecho solitario
un seductor cruel, malo y desalmado.

Así que, ya veis, hagáis lo que hagáis,
el precio del pecado es el sufrimiento.
¡Ay, desdichada Bella!
Al meterla en la tumba,
los hombres dijeron: «¡Ay, así es la vida!»,
pero las mujeres cantaron en voz dulce y baja:
«¡Todos los hombres son igual de cabrones!».

Es probable que la escribiera una mujer.

William y Fred, los intérpretes de la canción, eran un par de sinvergüenzas, de los que dan mala fama a los vagabundos. Se enteraron de que el vagabundo mayor de Cromley tenía ropa usada para repartirla entre los transeúntes necesitados. Antes de entrar, los dos se quitaron las botas, cortaron las costuras y se agujerearon las suelas. Luego pidieron unas botas, y el vagabundo mayor, al ver el mal estado en que estaban las suyas, les dio dos pares casi nuevos. A la mañana siguiente, apenas salir del albergue, William y Fred las vendieron por un chelín y nueve peniques. Al parecer, pensaron que por ese dinero valía la pena estropear sus botas.

Al salir del albergue, todos desfilamos en larga y desgarbada procesión hacia el sur, en dirección a Lower Binfield e Ide Hill. Por el camino se produjo una pelea entre dos vagabundos, habían discutido por la noche (el absurdo *casus belli* era que uno le había llamado al otro «bochinchero» y este había entendido «bolchevique», un insulto imperdonable) y se liaron a golpes en un campo. Una decena de nosotros nos detuvimos a verlos. La escena quedó grabada en mi memoria por un detalle: uno de ellos cayó al suelo, perdió la gorra y vimos que tenía el cabello blanco. Entonces algunos intervinimos e interrumpimos la pelea. Paddy hizo averiguaciones y descubrió que la verdadera causa de la pelea eran, como de costumbre, unos peniques de comida.

Llegamos muy pronto a Lower Binfield, y Paddy se entretuvo llamando a la puerta de servicio de las casas para pedir trabajo. En una le dieron unos cajones para que los astillara para leña, dijo que tenía un compañero, me hizo pasar y entre los dos hicimos el trabajo. Cuando terminamos, el dueño pidió a la doncella que nos llevara una taza de té. Recuerdo el gesto horrorizado con que salió y que le faltó el valor, así que las dejó en el suelo, volvió a entrar en la casa y se encerró en la cocina. Así de temible es la palabra «vagabundo». Nos pagaron medio chelín a cada uno y, después de comprar una barra de pan de tres peniques y media onza de tabaco, nos quedaron cinco peniques.

Paddy pensó que valía más enterrarlos, pues el vagabundo mayor de Lower Binfield tenía fama de tirano y podía negarse a dejarnos entrar si veía que teníamos dinero. Enterrar el dinero es una práctica frecuente entre los vagabundos. Cuando quieren colar una cantidad cuantiosa en el albergue se la cosen a la ropa, aunque se arriesgan a ir a la cárcel si les descubren. Paddy y Bozo contaban una buena anécdota sobre eso. Un irlandés (Bozo decía que era un irlandés y Paddy que era un inglés) que no era vagabundo y tenía treinta libras llegó a un pueblo en el que no había dónde alojarse. Le preguntó a un vagabundo, que le aconsejó ir al hospicio. De hecho, cuando no se encuentra alojamiento en otro sitio, no es raro acudir al hospicio y pagar una suma razonable por una cama. El irlandés, no obstante, creyó más inteligente conseguir una cama gratis, así que se cosió las treinta libras a la ropa y se presentó como un transeúnte más. El vagabundo vio su oportunidad y esa noche pidió permiso al vagabundo mayor para salir del albergue a primera hora de la mañana para ir a buscar trabajo. A las seis de la mañana se marchó… con la ropa del irlandés. El irlandés denunció el robo y le cayeron treinta días por haber entrado en el albergue de forma fraudulenta.

XXXV

Al llegar a Lower Binfield nos tumbamos un buen rato en la
hierba, a la vista de los vecinos, que nos observaban desde la
puerta de sus casas. Un clérigo y su hija que pasaban por allí
nos estuvieron mirando en silencio un rato, como si fuésemos
peces en un acuario, y luego siguieron su camino. Éramos varias decenas: estaban William y Fred, que seguían cantando; los
dos hombres que se habían peleado por el camino y Bill el pedigüeño. Había ido a pedir a las panaderías y tenía un montón
de pan duro entre el abrigo y la piel desnuda. Lo compartió y
todos nos alegramos mucho. Entre nosotros había una mujer, la
primera vagabunda que vi. Era una mujer gorda y muy sucia de
unos sesenta años con una larga falda negra. Se daba muchos
humos y si alguien se sentaba cerca, olisqueaba el aire y se ale-
jaba un poco.

—¿Adónde va, señora? —le preguntó uno de los vagabundos.

La mujer hizo un gesto de desprecio y miró a lo lejos.

—Vamos, señora —insistió—, anímese. Seamos amigos.
Aquí vamos todos en el mismo barco.

—Gracias —respondió la mujer con amargura—, cuando
quiera mezclarme con una panda de vagabundos se lo diré.

Me gustó el modo en que dijo «vagabundos». Fue como si
revelara su alma con un fogonazo: un alma ciega, femenina y
alicorta, que no había aprendido nada después de tantos años en

los caminos. Sin duda era alguna viuda respetable que se había convertido en vagabunda por alguna circunstancia absurda.

El albergue abría a las seis. Era sábado y tendríamos que pasar en él el fin de semana; ignoro el porqué, como no sea una vaga presunción de que el domingo tiene que ser desagradable. Cuando nos registramos dije que era «periodista». Era más cierto que «pintor», ya que alguna que otra vez había ganado dinero escribiendo artículos en los periódicos, pero decirlo no fue muy inteligente, pues estaba claro que iba a despertar suspicacias. Nada más entrar en el albergue y formar en fila, el vagabundo mayor me llamó por mi nombre. Era un tipo estirado y marcial de unos cuarenta años, que no parecía tan abusón como me habían dicho, sino un viejo soldado malhumorado. Dijo en tono cortante:

—¿Quién de vosotros es Blank? (No recuerdo qué nombre había dado.)

—Yo, señor.

—¿Así que eres periodista?

—Sí, señor —respondí tembloroso. Bastarían unas cuantas preguntas para dejar claro que había mentido, y podía acabar en la cárcel. Pero el vagabundo mayor se limitó a mirarme de arriba abajo y a decir:

—Entonces, ¿eres un caballero?

—Supongo que sí.

Me echó otra larga mirada.

—Qué suerte tan puñetera, jefe —dijo—, qué suerte tan puñetera.

Y, a partir de ese momento, me trató con injusto favoritismo, e incluso con una especie de deferencia. No me cacheó y en el baño me dio una toalla limpia, un lujo inaudito. Así de poderosa es la palabra «caballero» para los oídos de un antiguo soldado.

A las siete, después de engullir el té con dos rebanadas, pasamos a las celdas. Esta vez éramos uno por celda y había camas y jergones de paja, así que teóricamente deberíamos haber dormido bien. Pero ningún albergue es perfecto, y la peculiar desventaja del de Lower Binfield era el frío. Las tuberías de agua caliente no funcionaban, y las dos mantas de algodón que nos habían dado eran muy finas y no servían de nada. Estábamos en otoño, pero el frío era terrible. Pasabas la larga noche de doce horas dando vueltas, te quedabas dormido unos minutos y te despertabas temblando aterido. No podíamos fumar, pues el poco tabaco que habíamos podido colar lo habíamos dejado con la ropa y hasta la mañana siguiente no nos la devolverían. En el pasillo se oían gemidos y a veces alguna maldición. No creo que nadie durmiera más de una o dos horas.

Por la mañana, después del desayuno y de la revisión médica, el vagabundo mayor nos llevó como un rebaño al comedor y cerró la puerta con llave. Era una sala encalada, con el suelo de piedra e indescriptiblemente desolada con sus bancos y sus muebles de madera de pino y su olor carcelario. Las ventanas con barrotes estaban demasiado altas para poder asomarse, y no había más adornos que un reloj y un ejemplar de las normas del hospicio. Nada más sentarnos en los bancos codo con codo, nos invadió el aburrimiento a pesar de que solo eran las ocho de la mañana. No había nada que hacer, nada de lo que hablar, ni espacio para moverse. El único consuelo era que se podía fumar, pues se toleraba siempre que no te pillaran *in fraganti*. Scotty, un vagabundo menudo con el cabello largo y el acento espurio de un cockney de Glasgow, no tenía tabaco, pues se le había caído de la bota la lata donde llevaba las colillas mientras lo registraban y se la habían requisado. Le ofrecí una especie de cigarrillo. Fumamos a escondidas, como colegiales, guardándonos los cigarrillos en los bolsillos cada vez que oíamos llegar al vagabundo mayor.

La mayoría de los vagabundos pasaron diez horas seguidas en aquella sala incómoda y anodina. Sabe Dios cómo lo soportaron. Yo tuve más suerte, pues a las diez en punto el vagabundo mayor escogió a unos cuantos hombres para desempeñar diversas tareas y a mí me envió a ayudar en la cocina del hospicio, un trabajo que todos ambicionaban. Al igual que la toalla limpia, había sido obra de la palabra mágica «caballero».

En la cocina no había nada que hacer, así que me escabullí a un cobertizo que utilizaban para guardar las patatas y donde se habían refugiado varios pobres del hospicio para librarse del servicio religioso dominical. Había unas cajas muy cómodas en las que sentarse, y varios números atrasados de *Family Herald*, e incluso un ejemplar de *Raffles* de la biblioteca del hospicio. Los pobres contaron cosas interesantes de su vida allí. Me dijeron, por ejemplo, que lo que más odiaban del hospicio, pues lo consideraban el estigma de la caridad, era el uniforme; si pudieran llevar su propia ropa, o al menos su gorra y su bufanda, no les importaría tanto ser pobres. Cené en la mesa del hospicio y fue una comida digna de una boa constrictor: la más copiosa desde el día que llegué al Hôtel X. Los pobres me contaron que por lo general les daban de comer hasta reventar los domingos y el resto de la semana los mataban de hambre. Después de cenar, el cocinero me puso a fregar los platos y me ordenó que tirase la comida sobrante. Era un desperdicio sorprendente y, dadas las circunstancias, vergonzoso. Trozos de carne a medio comer y cubos llenos de pan y verdura se fueron a la basura con lo demás entre las sucias hojas de té. Llené hasta rebosar cinco cubos de comida todavía comestible. Y, entretanto, cincuenta vagabundos esperaban sentados con el estómago casi vacío después del pan con queso del albergue, y tal vez dos patatas hervidas frías porque era domingo. Según los pobres, la comida se tiraba a sabiendas antes que dársela a los vagabundos.

A las tres volví al albergue. Los vagabundos llevaban allí desde las ocho sin apenas sitio para mover un brazo, y estaban casi desquiciados de aburrimiento. Incluso se había acabado el tabaco, pues las reservas de colillas que recogen del suelo se acaban al cabo de unas horas lejos de las aceras. La mayoría estaban demasiado aburridos incluso para hablar; se quedaban en los bancos con la mirada perdida, con los rostros mugrientos deformados por enormes bostezos. La sala apestaba a *ennui*.

Paddy, con la espalda dolorida por el duro banco, no hacía más que quejarse y, para pasar el rato, entablé conversación con un vagabundo un tanto altivo, un joven carpintero que llevaba cuello de camisa y corbata y que decía estar en los caminos por falta de herramientas. Se mostraba distante con los demás vagabundos y se consideraba más un hombre libre que un vagabundo. Tenía afición a la literatura y llevaba en el bolsillo un ejemplar de *Quentin Durward*. Me contó que no pisaba un albergue a no ser que lo empujara allí el hambre, y que prefería dormir debajo de los setos o en un almiar. En la costa sur había pasado semanas mendigando de día y durmiendo en las casetas de baño por la noche.

Hablamos de la vida en los caminos. Criticó el sistema que obliga a los vagabundos a pasar catorce horas al día en el albergue y las otras diez andando o escondiéndose de la policía. Me contó su propio caso: llevaba seis meses viviendo de la caridad pública por falta de unas herramientas que apenas costaban unas libras. Era absurdo, afirmó.

Le conté lo del desperdicio de comida en la cocina y añadí lo que opinaba. Al instante cambió de tono de voz y vi que había despertado al puritano que todo trabajador inglés lleva dentro. Aunque había pasado hambre con los demás, enseguida encontró motivos para tirar la comida a la basura en vez de dársela a los vagabundos. Me sermoneó con mucha severidad: «No les queda otro remedio —dijo—. Si estos sitios fuesen demasiado cómodos, los invadiría la escoria del país. Lo único que les mantiene a distancia es que la comida sea tan mala. Lo malo de estos vagabundos es que son demasiado vagos para trabajar. No hay que animarlos. Son escoria».

Le di varios argumentos para hacerle ver que estaba equivocado, pero no quiso escucharme. No hacía más que repetir:

«No hay que compadecerlos. Son escoria. No se les puede juzgar por el mismo patrón que a ti y a mí. Son escoria, solo escoria».

Era interesante ver de qué modo tan sutil se ponía al margen de «esos vagabundos». Llevaba seis meses en los caminos, pero, por lo visto, no se consideraba un vagabundo ante los ojos del Señor. Imagino que hay muchos vagabundos que dan gracias a Dios por no ser vagabundos. Son igual que los turistas que se quejan de los turistas.

Pasaron tres horas penosas. A las seis llegó la cena que era casi incomible: el pan, que ya estaba reseco por la mañana (lo habían cortado en rebanadas el sábado por la noche) se había vuelto tan duro como galleta de barco. Por suerte, lo habían untado con manteca y pudimos comernos solo la manteca. A las seis y cuarto nos enviaron a la cama. Habían llegado nuevos vagabundos y, para no mezclar a los de días diferentes (por miedo a las enfermedades infecciosas), a los nuevos los pusieron en celdas y a nosotros en dormitorios. Nuestro dormitorio era una sala parecida a un granero con treinta camas muy juntas y una bañera que servía de orinal comunitario. Hedía de un modo abominable, y los viejos no hacían más que toser y levantarse toda la noche. Pero como éramos tantos, la sala estaba más o menos caliente y pudimos dormir un poco.

A las diez de la mañana, después de la revisión médica, cada cual echó por su lado con un mendrugo de pan y un poco de queso para comer a mediodía. William y Fred, que tenían un chelín, clavaron su pan en la verja del albergue a modo de protesta, según dijeron. Era el segundo albergue de Kent cuyas puertas se les habían cerrado y les parecía graciosísimo. Eran muy optimistas para ser vagabundos. El retrasado (en cualquier grupo de vagabundos hay un retrasado) dijo que estaba demasiado cansado para andar y se agarró a la verja, hasta que el vagabundo mayor tuvo que obligarlo a soltarse y echarlo de una patada. Paddy y yo nos dirigimos al norte, hacia

Londres. Casi todos los demás fueron camino de Ide Hill, que tiene fama de ser el peor albergue de Inglaterra.[1]

Una vez más hacía un agradable tiempo otoñal, la carretera estaba tranquila y había poco tráfico. El aire olía a rosas silvestres después de la mezcla de olor a sudor, jabón y heces del albergue. Parecíamos los dos únicos vagabundos de la carretera. De repente oí unos pasos apresurados a mis espaldas y alguien que gritaba. Era Scotty, el vagabundo de Glasgow, que llegaba corriendo y jadeando. Sacó una lata oxidada del bolsillo. Esbozó una sonrisa amistosa como quien se dispone a saldar una deuda.

«Toma amigo —dijo en tono cordial—. Te debía unas colillas. Ayer me invitaste a un cigarrillo. Al salir esta mañana el vagabundo mayor me ha devuelto mi lata. Una buena acción merece ser correspondida: toma.»

Y me dio cuatro colillas mojadas y pisoteadas.

1. Después estuve en él y no me pareció tan malo.

XXXVI

Quiero dejar por escrito algunas observaciones generales sobre los vagabundos. Si se para uno a pensarlo, los vagabundos son un producto extraño sobre el que vale la pena reflexionar. Es raro que una tribu de hombres, que se cuentan por decenas de miles, deambule por Inglaterra como otros tantos judíos errantes. Pero, aunque el caso merezca nuestra consideración, es imposible empezar siquiera a dársela sin librarse antes de ciertos prejuicios. Dichos prejuicios hunden su raíz en la idea de que todo vagabundo es, *ipso facto*, un delincuente. De niños se nos ha enseñado que los vagabundos lo son y, en consecuencia, existe en nuestra imaginación una especie de vagabundo típico o ideal, una criatura repulsiva y más bien peligrosa, que moriría antes que lavarse o trabajar, y que solo aspira a mendigar, emborracharse y robar gallinas. El vagabundo-monstruo es tan falso como el chino malvado de los relatos de las revistas, pero es muy difícil librarse de él. La sola palabra «vagabundo» basta para evocar su imagen. Y la creencia en él oscurece las verdaderas preguntas que plantea el vagabundeo.

Tomemos una de las fundamentales: ¿por qué hay vagabundos? Es curioso, pero muy poca gente sabe qué es lo que empuja a un vagabundo a echarse a los caminos. Y, debido a la creencia en el vagabundo-monstruo, se aventuran razones de lo más peregrinas. Se dice, por ejemplo, que lo hace para no trabajar, o porque así es más fácil mendigar, o para buscar oportunidades para cometer algún delito o incluso —por absurdo que parezca— porque le gusta. He llegado a leer en un libro de criminología que el vagabundo es un atavismo, un vestigio de la época nómada de la humanidad. Y, entretanto, la causa más evidente del vagabundeo está delante de nuestras narices. Por descontado que el vagabundo no es un atavismo nómada; o lo mismo podría decirse de un viajante de comercio. Los vagabundos vagabundean, no porque les guste, sino por la misma razón que un coche circula por su carril: porque hay una ley que los obliga a hacerlo. Un indigente, si no recibe ayuda de su parroquia, solo puede encontrarla en los albergues para vagabundos y, como en ellos únicamente le admiten por una noche, tiene que estar todo el tiempo en movimiento. Es un vagabundo, porque, de acuerdo con la ley, o va de un sitio a otro o se muere de hambre. Pero a la gente se la ha educado para que crea en el vagabundo-monstruo, y prefiere pensar que debe de haber alguna razón más o menos malvada.

De hecho, el vagabundo-monstruo no resiste el análisis más simple. Piénsese en la idea generalmente aceptada de que los vagabundos son individuos peligrosos. Sin recurrir a la experiencia, puede afirmarse *a priori* que muy pocos vagabundos lo son, porque si lo fuesen se les trataría como a tales. Los albergues acogen a unos cien vagabundos cada noche, y para manejarlos basta con un personal de, como mucho, tres conserjes. Tres hombres desarmados no podrían controlar a cien maleantes. De hecho, cualquiera que vea cómo permiten que abusen de ellos los funcionarios de los hospicios sacará la conclusión de que son las criaturas más dóciles y oprimidas que pueda imaginarse. O tomemos la idea de que son todos unos borrachos, una idea ridícula en sí misma. Sin duda, muchos vagabundos beberían si tuviesen ocasión, pero tal y como son las cosas no la tienen. Hoy en día, en Inglaterra, una pinta de ese líquido aguado que llaman cerveza cuesta siete peniques. Para emborracharse haría falta al menos media corona, y casi nadie que tenga media corona se dedica a vagabundear. La idea de que los vagabundos son descarados parásitos sociales («mendigos empedernidos») no es del todo infundada, pero solo es cierta en un pequeño porcentaje de los casos. El parasitismo cínico y deliberado, como el que describe Jack London en sus libros sobre los vagabundos estadounidenses, no es típico del carácter inglés. Los ingleses son una raza compungida y con un marcado sentido del pecado de la pobreza. Es imposible imaginar al inglés medio convirtiéndose en un parásito de manera deliberada, y ese carácter nacional no cambia porque un hombre se quede sin trabajo. De hecho, si se tiene presente que un vagabundo no es más que un inglés desempleado a quien la ley obliga a vivir como un vagabundo, el vagabundo-monstruo se volatiliza. No digo, por supuesto, que la mayoría de los vagabundos sean personajes ideales, solo que son personas normales y que lo que los hace peores que el resto de la gente es el resultado y no la causa de su modo de vida.

De ahí se deduce que decir: «Ellos se lo han buscado» como se hace normalmente con los vagabundos es tan injusto como si se dijese de los tullidos o los enfermos. Si se entiende esto, resulta más fácil ponerse en el lugar del vagabundo y comprender cómo es su vida. Una vida extraordinariamente fútil y desagradable. He descrito los albergues y la rutina diaria de los vagabundos, pero hay tres males en los que conviene insistir. El primero es el hambre, que es el destino común de los vagabundos. En los albergues se les da una ración que muy probablemente ni siquiera pretenda ser suficiente, y cualquier otra cosa tienen que conseguirla mendigando, es decir, quebrantando la ley. El resultado es que casi todos los vagabundos están malnutridos, y para comprobarlo basta con echar un vistazo a los hombres que esperan a la puerta de cualquier albergue. El segundo de los males de la vida de los vagabundos, que a primera vista parece tener mucha menos importancia, aunque no es así, es que está privado de cualquier contacto con mujeres. Vale la pena extenderse un poco sobre esto.

Los vagabundos están privados del contacto con las mujeres, en primer lugar, porque hay muy pocas mujeres en ese nivel de la sociedad. Podría pensarse que, entre los indigentes, los sexos deberían estar tan equilibrados como en cualquier otro grupo social. Pero no es así; de hecho, casi puede afirmarse que, por debajo de cierto nivel, la sociedad es solo masculina. Las siguientes cifras, tomadas de un censo nocturno, realizado el 13 de febrero de 1931 y publicadas por el Ayuntamiento de Londres, muestran las diferencias relativas entre hombres y mujeres indigentes.

Pasan la noche en la calle 60 hombres y 18 mujeres.[1]

En refugios y casas no registradas oficialmente como casas de huéspedes, 1.057 hombres y 137 mujeres.

En la cripta de la iglesia de Saint Martin-in-the-Fields, 88 hombres y 12 mujeres.

En los albergues y hostales del Ayuntamiento de Londres, 674 hombres y 15 mujeres.

Como se ve, las cifras muestran que los hombres que dependen de la beneficencia superan a las mujeres en una proporción cercana a diez contra uno. Es posible que la causa sea que el desempleo afecta menos a las mujeres que a los hombres; también que cualquier mujer presentable puede, como último recurso, buscarse un hombre que la mantenga. El resultado para los vagabundos es que están condenados a un eterno celibato. Pues no hace falta decir que, si apenas ven mujeres de su mismo nivel, las que están por encima, aunque sea un poco, están tan lejos de su alcance como si se hallasen en la luna. Las razo-

1. Debe de ser un cálculo hecho a la baja. Pero la proporción es probable que sea correcta.

nes no vale la pena discutirlas, pero no cabe duda de que las mujeres nunca, o casi nunca, condescienden a relacionarse con hombres mucho más pobres que ellas. Un vagabundo, por tanto, está condenado a ser célibe desde el momento en que se echa a la calle. No tiene ni la menor esperanza de tener una esposa, una amante o cualquier otra mujer excepto, muy raras veces, cuando logra reunir unos chelines, una prostituta.

Es evidente cuáles deben ser por fuerza los resultados: la homosexualidad, por ejemplo, e incluso violaciones en algunos casos. Pero peor aún que lo anterior es la degradación a que se somete a un hombre que sabe que ni siquiera se le considera apto para contraer matrimonio. El impulso sexual, por no usar palabras más elevadas, es un impulso fundamental, y su insatisfacción puede ser tan desmoralizadora como el hambre. Lo malo de la pobreza no es tanto que haga sufrir al hombre, sino que lo corrompe física y espiritualmente. Y no hay duda de que la privación sexual contribuye a ese proceso de corrupción. Apartado por completo de las mujeres, el vagabundo se siente relegado al rango de los tullidos o los locos. Ninguna humillación podría ser más dañina para su dignidad.

El tercero de los grandes males de la vida del vagabundo es la ociosidad forzosa. Nuestras leyes de vagos se aseguran de que cuando no esté andando por los caminos esté en una celda, o, tumbado en el suelo a la espera de que abran el albergue. Es evidente que es un modo de vida desolador y capaz de desalentar a cualquiera, sobre todo si no tiene una educación.

Además, podrían enumerarse decenas de males menores como, por citar uno solo, la incomodidad inseparable de la vida en los caminos; vale la pena recordar que el vagabundo medio no tiene más ropa que la que lleva puesta, calza botas que no son de su talla, y pasa meses sin sentarse en una silla. Pero la clave de todo es que el sufrimiento de los vagabundos es totalmente inútil. Vive una vida desagradabilísima y sin el menor propósito. De hecho, es imposible concebir una rutina más fútil que ir de una cárcel a otra y pasar tal vez dieciocho horas diarias en la celda o en la carretera. En Inglaterra debe de haber al menos varias decenas de miles de vagabundos. Todos los días gastan en su absurdo deambular innumerables energías, que bastarían para arar miles de acres, construir millas y millas de carreteras o levantar decenas de casas. Cada día malgastan entre todos unos diez años mirando la pared de la celda. Le cuestan al país como mínimo una libra a la semana y no le dan nada a cambio. Dan vueltas y más vueltas en un inacabable y aburrido periplo, que no sirve de nada y que ni siquiera está pensado para que le resulte útil a alguien. La ley mantiene en marcha dicho proceso y nos hemos acostumbrado tanto a él que ya no nos extraña, pero no puede ser más absurdo.

Una vez admitida la futilidad de la vida del vagabundo, la pregunta que se plantea es si sería posible hacer algo para mejorarla. Es evidente que sí: por ejemplo, volver un poco más habitables los albergues, como se ha hecho ya en algunos casos. El año pasado se introdujeron mejoras en varios, que, si los informes son ciertos, han quedado irreconocibles, y se habla de hacer lo mismo en los demás. Pero así no se ataja el problema. Lo difícil es convertir a un vagabundo hastiado y medio muerto en una persona que sienta respeto por sí misma. Para conseguirlo no basta con mejorar la comodidad. Aunque los albergues llegasen a ser lujosos (cosa que no ocurrirá nunca),[1] la vida de los vagabundos continuaría desperdiciándose. Seguirían siendo pobres, incapaces de casarse y de tener un hogar, y por tanto una pérdida para la sociedad. Lo que hace falta es que dejen de ser pobres, y eso solo puede lograrse encontrándoles un trabajo, no solo para mantenerlos ocupados, sino para que lo

---

1. En justicia hay que reconocer que algunos han mejorado en los últimos tiempos, al menos desde el punto de vista del alojamiento. Pero la mayoría siguen igual que siempre, y no se han introducido verdaderas mejoras respecto a la comida.

disfruten y puedan beneficiarse de él. En la actualidad, los vagabundos no llevan a cabo ningún trabajo en los albergues. En otra época tenían que picar piedra para ganarse el pan, pero dejaron de hacerlo cuando se vio que iban a dejar sin trabajo a los picapedreros. Ahora no hacen nada, porque, por lo visto, no hay nada que hacer. Sin embargo, hay un modo muy simple de conseguir que se sientan útiles: cada hospicio podría tener una pequeña granja, o al menos un huerto, y a todos los vagabundos que estuviesen en condiciones de trabajar se les podría pedir que trabajaran en ellos. Los productos de la granja o el huerto podrían utilizarse para alimentar a los vagabundos y, en el peor de los casos, siempre sería mejor que una dieta a base de té y pan con margarina. Por supuesto, los albergues nunca podrán abastecerse a sí mismos, pero sería una ayuda y, a la larga, hasta es posible que lleguen a tener beneficios. Hay que recordar que, con el sistema actual, los vagabundos suponen solo pérdidas al país, pues no solo no trabajan, sino que sobreviven con una dieta que acaba minando su salud, por lo que se pierden vidas y dinero. Valdría la pena probar un procedimiento que les hiciese producir parte de su comida y sirviera para alimentarles mejor.

Podría objetarse que una granja o un huerto no pueden mantenerse con un trabajo ocasional. Pero en realidad no hay razones de peso para que los vagabundos pasen un único día en el albergue; si tuviesen trabajo que hacer, podrían quedarse un mes o incluso un año. La constante circulación de vagabundos es muy artificial. Hoy en día, los vagabundos suponen un gasto para el presupuesto y por tanto el objetivo de los hospicios es enviarlos a otro sitio; de ahí la norma de que solo puedan quedarse una noche. Si regresan antes de un mes, se les castiga encerrándolos una semana y, como eso equivale a estar en la cárcel, se dedican a ir de aquí para allá. Pero si trabajasen en el hospicio, y el hospicio les proporcionase comida, la cosa sería muy diferente. Los hospicios se convertirían en instituciones capaces de mantenerse a sí mismas, al menos en parte, y los vagabundos, a medida que se estableciesen aquí o allá, según las necesidades, dejarían de ser vagabundos. Estarían haciendo algo útil, tendrían comida decente y llevarían una vida sedentaria. Poco a poco, si el plan funcionase, podrían dejar de ser pobres, casarse y ocupar una posición respetable en la sociedad.

No he hecho más que esbozar una idea a la que es evidente que se le pueden poner muchas objeciones. No obstante, sería una manera de mejorar el estatus de los vagabundos sin añadir una carga al presupuesto. Y la solución, en todo caso, tendrá que ser algo parecido. Pues la pregunta es qué se puede hacer con unas personas ociosas y desnutridas, y la respuesta —animarles a cultivar su propia comida— se impone de manera automática.

XXXVII

Unas palabras sobre los alojamientos disponibles para una persona sin techo en Londres. Hoy en día es imposible conseguir una cama en cualquier institución no benéfica en Londres por menos de siete peniques la noche. Quien no pueda pagarlos tiene que recurrir a una de las siguiente posibilidades:

1. El Embankment. He aquí el relato que me hizo Paddy de la experiencia de dormir en el Embankment:

«Lo importante es llegar pronto. Tienes que estar en tu banco a las ocho, porque hay muy pocos y a veces están todos ocupados. Y hay que procurar quedarse dormido enseguida. A partir de las doce hace demasiado frío, y la policía te echa a las cuatro de la madrugada. Lo malo es que no hay quien duerma con los puñeteros tranvías que te pasan al lado de la cabeza y los luminosos al otro lado del río que no hacen más que encenderse y apagarse. El frío es horrible. Los que duermen allí se envuelven en periódicos, aunque no sirve de mucho. Tendrás suerte si consigues dormir más de tres horas».

Una vez dormí en el Embankment y comprobé que la descripción de Paddy era bastante exacta. No obstante, es mucho mejor que no pegar ojo en toda la noche, que es la alternativa si vas a cualquier otro sitio. Según las ordenanzas municipales puedes pasar la noche sentado, pero la policía tiene la obligación de despertarte si ve que te has dormido; el Embankment y un par de sitios más (hay uno detrás del teatro Lyceum) son excepciones. Dicha ordenanza es una afrenta premeditada. Se dice que su objetivo es impedir que la gente muera de frío; pero es evidente que si no tienes casa y vas a morirte de frío, te morirás igual estés dormido o despierto. En París no hay ninguna ordenanza así. La gente duerme por decenas debajo de los puentes del Sena, en los umbrales, en los bancos de las plazas, en los alrededores de los conductos de ventilación del metro e incluso en las estaciones de metro. No hacen ningún daño. A nadie le gusta pasar la noche al raso y, si no le queda otro remedio, es mejor dejarle dormir, si puede.

2. El Twopenny Hangover. Está un poco más arriba del Embankment. En el Twopenny Hangover la gente duerme alineada en un banco, y delante hay una cuerda en la que se apoyan como en una cerca. Un hombre, cómicamente apodado el «ayuda de cámara», corta la cuerda a las cinco de la madrugada. Nunca he estado allí, pero Bozo iba a menudo. Le pregunté cómo podía dormir en esa postura y respondió que era más cómodo de lo que parecía y que, en cualquier caso, siempre era mejor que el suelo. En París hay refugios parecidos, pero la tarifa es solo de veinticinco céntimos (medio penique) en lugar de dos peniques.

3. El Ataúd, a cuatro peniques la noche. En el Ataúd duermes en una caja de madera, tapado con una lona alquitranada. Es frío y lo peor son las chinches de las que, al estar metido en una caja, no hay manera de escapar.

Luego están las casas de huéspedes normales y corrientes, que cobran entre siete y trece peniques la noche. Las mejores son las casas Rowton, donde te cobran un chelín a cambio de un cubículo para ti solo y el uso de unos baños excelentes. También se puede pagar media corona por una «especial» que casi parece la habitación de un hotel. Las casas Rowton son unos edificios espléndidos y la única objeción que puede hacérseles es la estricta disciplina que impera en ellas: las normas prohíben cocinar, jugar a las cartas, etc. Tal vez la mejor publicidad que puede hacerse de las casas Rowton es que siempre están llenas hasta la bandera. Las casas Bruce, que cuestan trece peniques, también son estupendas.

En cuanto a limpieza, les siguen los refugios del Ejército de Salvación, a siete u ocho peniques. Hay diferencias (he estado en alguno que estaba tan sucio como la peor pensión de mala muerte), pero la mayoría están limpios y tienen buenos baños; aunque, si se quiere usar el baño hay que pagar más. Se puede conseguir un cubículo por un chelín. En los dormitorios de ocho peniques las camas son cómodas, pero hay tantas (como norma un mínimo de cuarenta por sala) y están tan juntas que es imposible pasar la noche tranquilo. Las numerosas restricciones apestan a presidio y beneficencia. Los refugios del Ejército de Salvación solo los frecuentan quienes anteponen la limpieza a cualquier otra cosa.

Después van las casas de huéspedes normales. Tanto si pagas siete peniques como un chelín, siempre son ruidosas, huelen a cerrado y las camas están sucias y son incómodas. Lo que las salva es el ambiente de *laissez-faire* y las cocinas donde se puede haraganear a cualquier hora del día o de la noche. Son míseras madrigueras, pero en ellas se puede tener cierta vida social. Se dice que las casas de huéspedes para mujeres son peores que las de los hombres, y hay muy pocas que alojen a parejas casadas. De hecho, no es raro que el hombre duerma en una pensión y la mujer en otra.

En este momento hay al menos quince mil personas viviendo en casas de huéspedes londinenses. Para un hombre sin ataduras que gane dos libras a la semana, una casa de huéspedes es una buena solución. No le sería fácil encontrar una habitación amueblada por tan poco dinero, y en la pensión tiene cocina gratis, una especie de cuarto de baño y mucha gente con quien relacionarse. En cuanto a la suciedad, es un mal menor. El verdadero fallo de estos establecimientos es que, aunque se supone que pagas por dormir, resulta casi imposible. A cambio de tu dinero no te dan más que una cama de cinco pies y seis pulgadas por dos pies con seis pulgadas, con un colchón duro y convexo y una almohada como un bloque de madera, un cubrecamas de algodón y dos apestosas sábanas grisáceas. En invierno hay mantas, pero nunca suficientes. Y la cama se encuentra en una sala donde hay entre cinco y cincuenta o sesenta camas, a menos de una yarda las unas de las otras. Por supuesto, nadie puede dormir bien en esas circunstancias. Los únicos sitios donde se hacina así a la gente son los cuarteles y los hospitales. En los pabellones públicos de los hospitales nadie abriga siquiera la esperanza de dormir bien. En los cuarteles los soldados están hacinados, pero tienen buenas camas y están sanos; en una pensión todos los huéspedes tienen tos crónica y muchos padecen enfermedades de vejiga que les obligan a levantarse a todas horas de la noche. El resultado es un bullicio constante con el que es imposible dormir. Hasta donde he podido observar, nadie consigue dormir más de cinco horas por noche, un timo deplorable cuando has pagado siete peniques o más.

En esto las leyes podrían lograr alguna cosa. Hay innumerables ordenanzas del Ayuntamiento de Londres que regulan el funcionamiento de las casas de huéspedes, pero ninguna tiene en cuenta los intereses de los huéspedes. El municipio solo ha pensado en prohibir la bebida, el juego, las reyertas, etc., etc. No hay ninguna ordenanza que diga que las camas tienen que ser cómodas. Y sería muy fácil de aplicar, mucho más que, por ejemplo, prohibir el juego. Debería obligarse a los dueños a proporcionar ropa de cama adecuada y mejores colchones, y sobre todo a dividir los dormitorios en cubículos. Da igual lo pequeños que sean, pero lo importante es que puedas estar solo cuando duermes. Esos pocos cambios, aplicados con rigor, supondrían una diferencia enorme. Hacer una casa de huéspedes mínimamente cómoda con las tarifas actuales no es imposible. En el albergue municipal de Croydon, que cuesta solo nueve peniques, hay cubículos, buenas camas, sillas (un raro lujo en las casas de huéspedes), y cocinas en la planta baja en lugar de en el sótano. No hay razón para que cualquier pensión de nueve peniques no tenga un nivel parecido.

Por supuesto, los propietarios de las casas de huéspedes se opondrían *en bloc* a cualquier mejora, pues hoy en día su negocio es muy provechoso. Cualquier pensión de tamaño medio recauda cinco o diez libras la noche, sin apenas morosidad (el crédito está terminantemente prohibido) y, aparte del alquiler, apenas hay gastos. Cualquier mejora supondría reducir el hacinamiento y por tanto disminuiría los beneficios. Aun así, el excelente albergue municipal de Croydon demuestra que se puede ofrecer un buen servicio por nueve peniques. Unas cuantas leyes bien orientadas podrían hacer que se generalizaran esas condiciones. Si las autoridades se deciden por fin a regular las casas de huéspedes deberían empezar por hacerlas más cómodas y no por imponer unas absurdas restricciones que nunca se tolerarían en un hotel.

XXXVIII

Al salir del albergue de Lower Binfield, Paddy y yo ganamos media corona quitando malas hierbas y rastrillando un jardín, pasamos la noche en Cromley y regresamos a Londres a pie. Uno o dos días después, me despedí de Paddy. B. me prestó otras dos libras y, como solo tenía que esperar otros ocho días, eso puso fin a mis preocupaciones. El retrasado a quien tenía que cuidar resultó ser no tan apacible como esperaba, pero al menos no hizo que añorase el albergue o el Auberge de Jehan Cottard.

Paddy se dirigió a Portsmouth, donde tenía un amigo que quizá pudiera encontrarle trabajo, y no he vuelto a verlo desde entonces. Hace poco me dijeron que había muerto atropellado, pero es posible que el que me lo contó lo confundiera con otra persona. Hace tres días tuve noticias de Bozo. Está en Wandsworth: por lo visto, le han caído catorce días por mendigar. No creo que estar en la cárcel le preocupe gran cosa.

Aquí acaba mi historia. Es bastante trivial, y lo único que deseo es que resulte tan entretenida como cualquier otro libro de viajes. Al menos puedo decir: «He aquí lo que os espera si os quedáis sin un penique». Algún día quiero explorar más a fondo este mundo. Me gustaría conocer a gente como Mario, Paddy y Bill el pedigüeño de manera íntima y no solo a raíz de un encuentro fortuito; me gustaría llegar a entender qué ocurre de verdad en el alma de los *plongeurs*, los vagabundos y los que tienen que dormir en el Embankment. De momento solo me queda la sensación de haber atisbado las lindes de la pobreza.

A pesar de todo, algo he aprendido. Nunca volveré a pensar que los vagabundos son malhechores borrachos, ni esperaré que un mendigo se sienta agradecido cuando le dé un penique, ni me sorprenderá que a los desempleados les falten energías, ni haré donativos al Ejército de Salvación, ni empeñaré mi ropa, ni rechazaré un folleto por la calle, ni disfrutaré de una comida en un restaurante pequeño. Por algo se empieza.

FIN